没有人是

一座孤岛

丁立梅 著

人民东方出版传媒
People's Oriental Publishing & Media
东方出版社
The Oriental Press

图书在版编目（CIP）数据

没有人是一座孤岛 / 丁立梅著． 一北京：东方出版社,2022.4

ISBN 978-7-5207-1777-9

Ⅰ．①没… Ⅱ．①丁… Ⅲ．①散文集－中国－当代 Ⅳ．① I267

中国版本图书馆 CIP 数据核字（2021）第 219726 号

没有人是一座孤岛

（ MEIYOUREN SHI YIZUO GUDAO ）

作　　者：	丁立梅
策 划 人：	王莉莉
责任编辑：	王莉莉　贾　方
产品经理：	贾　方
整体设计：	门乃婷工作室
出　　版：	东方出版社
发　　行：	人民东方出版传媒有限公司
地　　址：	北京市西城区北三环中路 6 号
邮政编码：	100120
印　　刷：	小森印刷（北京）有限公司
版　　次：	2022 年 4 月第 1 版
印　　次：	2022 年 4 月第 1 次印刷
印　　数：	10000 册
开　　本：	680 毫米 × 940 毫米 1/16
印　　张：	14.5
字　　数：	166 千字
书　　号：	ISBN 978-7-5207-1777-9
定　　价：	46.00 元
发行电话：	（010）85924663　85924644　85924641

这世上，没有人是一座孤岛，

每个人都与这个世界有着千丝万缕的联系，

如鱼在水，如花在野。

目　录

CONTENTS

第三辑　恋的忧伤，爱的唯美

第 一 辑
打开新的一页

打开新的一页，重新书写，写一行草绿，
再写一行花开。那么，心灵都是芳香的。

从一粒芥末中走出

梅子老师：

您好！

上次给您发邮件时，我还在上初中。现在，我都要升高二啦！

先来介绍一下我的基本情况。我考上了县里面最好的高中，进了强化班，排名也很靠前，是第三名。高一下学期期中考试后文理分科，我选的是文科，强化班大部分人都留在理科。

说实话，初来文科班时，我心里的落差很大，就像在喜马拉雅山上做自由落体一样。因为选文科的大多数是学习成绩一般的，学习氛围自然不能跟我原来的班级比。

在这个班里，我跟我最好的朋友 S，出了些问题。归结到底，就是我最好的朋友成了我最大的竞争对手。我们两人实力相当，没法做到坦诚，但我又觉得对她有所隐瞒甚至欺骗会有负罪感。平时暗暗努力，我也不想让别人知道。S 坐在我旁边，在她看来，我总是让她感到焦虑，惹她生气，因为我在学习。确实，进了文科班后，于我而言，学习真的是本能的求生欲。

后来，包括 S 在内，大家都说我"内卷"。是这样的，我也就是不会的问题去问老师，没事刷刷数学题，整理整理错题集。我觉得这些都是应该做的事。没想到是她，我很痛心。期末考试前一星期，她没跟我说一句话。

如果说她的焦虑，有一部分是我导致的话，我很愧疚。但我觉得我所做的都是对的，不会改变。同时她对我的孤立，我只愿意理解为友情危机。但那段时间她垮了后，我也濒临崩溃。因为，她于我而言很重要，我希望她能成为我一生的挚友。我很珍视这段友情，我也很欣赏她，所以说我在行动上是主动的，情感上是被动的。

她的朋友圈子很广泛，压根儿就不差我这一个。若真的是竞争关系，就不可能做到绝对坦诚或放下脸面。虽然期末考试结束后我们和好了，但是如果问题不解决，就会像经济危机一样，每隔几年就爆发一次。

我该怎么办？如何和 S 坦露我的感受？如何处理两人的关系？

HH

宝贝，我还是先跟你说说天气吧。

这是立秋后的第六天了，我这里，早晚明显地凉爽起来，风里都带着露珠的清新味了，鸟儿的叫声里，也都含了露的，一口一个清凉。夏天里再多炽烈的事情，到了秋天，也一一平息下来。

人的一生，又能见识多少的夏和秋呢？实在有限得很呢。正如我们所遇到的人，不过是星辰划过夜空，只有那么一瞬而已，又有什么江山可打的呢？你初中的同学，好些已与你分别。你高中的同学，至多也只能相处两三年。天地实在太大，一个学校一个班级，相对于偌大的天地来说，只是一粒芥末而已。纵使你在这粒芥末里，称了王称了霸，可它还是一粒芥末，不会变成一颗钻石。

宝贝，有竞争对手，当然是好事儿，因为竞争会让我们不敢懈怠，会让我们有个风向标，获得前行的动力。但竞争应该是光明的竞争，是磊落的竞争，弄成鬼鬼祟祟的，等同于耍阴谋诡计，岂不失了心性和本真？你的眼光不应定格在"一粒芥末"中，而应放眼于大事物，放到一个地区，一个市，一个省，乃至于全国和全世界。从这个角度来看，你和你的朋友S该结成联盟才是，你们携手并肩，共同进步，向着更高的目标冲刺，到时候，若是都能摘到丰硕的果实，该有多好！

宝贝，格局放大一些，眼界放宽一些，要别人对你真诚，你自己首先得真诚。暗暗努力着做什么呢，是搞地下工作的么？学习是件光明的事，努力是件值得赞许的事，大大方方摆出来，咱就努力了，咱们一起努力吧。当你和你的朋友能互通有无，进步起来就更迅速了。且两个人心无芥蒂，关系融洽，也会少了很多不必要的烦恼，会使学习效率大大提高。

当你做到真诚了，你才会坦荡。至于在你的开诚布公之下，你的朋友能不能做到像你一样坦荡，那不是你能左右的事。能，皆大欢喜。不能，也不必沮丧。你只要做好你自己就够了。

另外，我想嘱咐你的是，考大学固然是件很重要的事，要全力以赴，但适时地停一停脚步，听一听鸟儿们的鸣唱婉转，看一看落日的绚丽辉煌，也很重要。当我们真的热爱上生活，好多的不愉快，皆可以原谅。

梅子老师

打开新的一页

亲爱的丁老师：

　　您好！

　　我的小孩是看着您的书长大的。她与您虽不相识，却对您有深深的师生情谊。

　　孩子今年上初一了，最近在学校受到同学误导犯了一个错误，造成了老师的误解。孩子在此过程受到很大的伤害，消沉了好几天。今天她问我："妈妈，丁立梅老师写尽了世间美好，我却读成了傻白甜。我要换种眼光看这个世界，丁老师有其他类型的书吗？"

　　我内心很受震撼，告诉她丁老师给你这份童年的美好，是任何东西都无法比拟的。但怎样怀揣这份美好，应对复杂的成人世界，您能给孩子说几句解解眼前的迷惑吗？

静好

亲爱的，告诉你家宝贝，人生在世，受点委屈是难免的，她将来还会遇到很多。

谁的一生，都不是顺风顺水的。当有了委屈，首先反观的是自己的行为，能不能避免此类事件发生。所谓吃一堑长一智。活在这世上，并不是鲜花相迎才叫成长，有时打击、挫败、失望、委屈也是成长的一种。这叫历练，会锻造我们的精神和肉身，让我们变得更加坚强。这也符合自然法则，所谓适者生存。这个"适"，讲的是既能适应顺境，又能适应逆境。世界以不变应万变，我们则要以万变应不变，以达到与它和睦共处，共融共生。"万变"是指赞美受得，诋毁也受得；成功受得，失败也受得；欢喜受得，痛苦也受得。能做到进退有度，得失随缘。一个人的人生不是单一的，而是丰富多彩的，酸甜苦辣皆有之。

亲爱的，让你家宝贝把那不愉快的一页尽快翻过去吧。一个人长时间沉浸于不愉快之中，不服、悲痛、愤怒，其结果只能使自己的心灵扭曲，也会让身体的健康大大受损，同时，还要浪费掉大把的好时光。怎么看，都是件顶不划算的事。不如打开新的一页，重新书写，写一行草绿，再写一行花开。那么，心灵都是芳香的。

"两岸桃花烘日出，四围高柳到天垂"，世间虽有雨雪冰霜，哪敌得过阳光万丈？只要我们心怀阳光，再多的灰暗和阴霾，也会被驱散。

梅子老师

学会过滤

梅子，我有一个相处了很多年的女同事，我一直拿她当我最好的朋友，闲暇时，我们在一起吃喝玩乐，只要我有的好东西，她都有一份。我的工作业绩比较突出，升职得比较快。而她却工作平平，所以一直在原地踏步。我并没有因此与她疏远，在工作中，尽可能地帮她争取机会。就在去年，因我的帮衬，她终于成功升职。

最近，我应聘到另一个部门去主持工作，那个职位，是很多人梦寐以求的。我起初并没有打算参加应聘，是她鼓动我，说我能力强云云。我应聘成功了。然而，在我就要到新岗位报到的前一晚，我所在公司各个主管部门，几乎同时收到举报信，信中捏造大量事实，对我进行人身攻击。

因事发突然，我的职位被搁浅了。这也罢了，我本来就不稀罕什么升迁。但是，周围的人看我的眼神却变得怪怪的，似乎我真的做了什么见不得人的事，这令我十分难堪难受。谁跟我有这么深的仇恨，处心积虑地要把我整垮？我思前想后也想不通，我没跟谁结过怨啊。后来，知情人透露给我，说举报信都是实名的，上面清清楚楚写着她的名字。是她！是我十分信任的好朋友，在背后给我使了绊子。她当我不知，居然还在我面前惺惺作态。

我知道是人都会有嫉妒，但不至于嫉妒到这种地步。何况，她是我最好的朋友啊！我不知怎么面对她，怎么面对我自己。我现在食不知味，夜不能寐，人也瘦了许多，整天精神恍惚，心里郁闷难解。梅子，我没人可以倾诉，我今天把这事告诉你，不为别的，只是想倾诉。谢谢你听我说。

要哭了。不好意思。

菲菲

亲爱的菲菲，看了你的信，我也很难受。我极少以恶意揣度人心，但人心，有时的确难测，危机四伏。我理解你的处境，你最伤心的莫过于，被好朋友"出卖"了。这一刀，不是伤在别处，而是准确无误地伤在你的心上。我几乎要替你拍案而起了，大骂一声，歹毒！

可是，怒骂和痛斥，有用吗？是不是就能让你的难受，减损一点点？是不是就可以让原本的状况，改良起来？你很清楚，不能。结果只能是，在你难受的基础上，更添愤懑，使你的情绪，更难平静。也会导致他人对你的误解更深，以为你是小肚鸡肠，容不得别人说你的不是。最终，损伤的还是你。

菲菲，我们走路一不小心，还会摔跟头呢。你就当摔了一个跟头好了。也不要再纠结于"我又未伤过人，别人为什么要伤我"。道理其实很简单，只因为你优秀啊。你的"优秀"，刺伤了别人。

有句比较戳心灵的话："欲戴王冠，必承其重"，我很认同。这个"重"里面，我以为也包括来自各方面的伤害和打击。百炼才能成钢嘛！菲菲，你就当是让你磨炼了，不必过于生气。

我也曾遇到过类似的事情，被人恶意中伤，无中生有，沸沸扬扬一段时日。我也只不理，照旧做我的事，过我的日子，快乐着我的快乐。我是什么样的人，我自己清楚就是。别人的中伤，焉能夺去我拥有的幸福？天长日久，谣言自会不攻自破。清者自清嘛！一些人在事隔很久之后遇到我，对我很是敬佩，说我的气场与定力强，别人想伤害也不能嘛！我只笑笑，不语。沉默有时是最好的回答。

生活是要我们学会过滤的吧。把一些负面的阴暗的，统统过滤掉，只留下一些洁净的澄明的，好供养自己的灵魂，使自己活得更光明正大，磊落安详。

有一则被引用泛滥的经典对话，我想再引用一下给你听。这段对话是唐代天台山国清寺隐僧寒山与拾得的，记录在《古尊宿语录》中：

　　寒山问曰："世间有人谤我、欺我、辱我、笑我、轻我、贱我、恶我、骗我，该如何处之乎？"

　　拾得答曰："只需忍他、让他、由他、避他、耐他、敬他、不要理他、再待几年，你且看他。"

菲菲，我们不能阻止一些人内心的邪恶，但我们尽可以忍他、让他、由他、避他、耐他、敬他、不要理他。时间会替你做出最公正的判决的，内心邪恶之人，终究得不到幸福安康的！想他躲在自己的阴影里，日日算计着别人，活得那么见不得光，也是很难受的一桩事呢，我们该同情他才是。

菲菲，不要哭了。她弄疼了你哪里，揉揉就是了。然后，继续走你的路，过着你的幸福日子。就像一粒沙子，进入你的眼里，你吹掉就是了，何苦跟它较着劲？最后，害苦的只能是你的眼睛。

这世上，要让我们留意的事儿实在太多了。秋已走到正好处，风吹来满满的好意，我好像闻到桂花的香了呢。且收拾起你的坏心情，我们看桂花去吧。

梅子老师

瑰丽的珍珠

梅子老师：

您好！

我离婚两次了，孩子三岁了，由我的爸妈带着。我每天上班很辛苦，有时候为了家庭琐事与父母发生争执。事后，我也很自责，父母也辛苦了大半辈子。

我该怎么办？也想业余写文章，但坚持不下来，该如何是好？

梦儿

亲爱的，婚姻不是儿戏啊。再遇婚姻，请不要再任性了好吗？请慎重，也请珍惜。

父母是上辈子欠你债的人，这辈子，他们还债来了。

这么一想，做父母的真的好可怜。当你一再受伤，返回家门的时候，他们的心，在流泪，甚至流血啊，只是你看不到。当全世界都抛弃你的时候，只有父母的怀抱对你无条件地敞开着。亲爱的，懂得感恩吧，你再也找不到比父母更无私更深情地对待你的人了。更何况，他们正在老去。

你的孩子已三岁，一定活泼着可爱着吧？孩子在渐渐长大，你将以什么方式教育你的孩子呢？以尖刻？以抱怨？以愁苦？以怯弱？不，不，我希望你带给孩子的，是这样一些东西：善良、爱、阳光、希望、理解、宽容。

亲爱的，人只有自己强大，才有能力保护好自己，保护好家人。当你坚持不了做某件事的时候，是不是该反问一下自己，你有资格懈怠吗？你有权利妥协吗？哦，你没有。那就好好地踏踏实实地努力吧。

这世上，每个笑容的背后，都有各自的辛酸。不要以为只有你活得很辛苦，比你更辛苦的人多了去了。蚌育珍珠，不是个轻而易举的过程。唯其如此，才有了最后的瑰丽。愿你也能成为一颗瑰丽的珍珠。

梅子老师

有些爱，不能缺席

梅姐姐：

　　您好！

　　我是两个孩子的妈妈，大宝 4 岁，小宝 10 个月。

　　我目前有件事很纠结，想请教梅姐姐。

　　我在一家上市公司上班，薪水高，升职的空间也很大。我很喜欢这份工作，做得得心应手，最近有个出国的机会，回来后，我有可能会被调到中层岗位上去。

　　可我两个宝宝让我分身无术，昨天我回家，小宝因为病了，哭得气都喘不过来了。大宝因为没人陪他玩，眼泪汪汪对我说，妈妈，你不要上班了好不好。看着两个宝宝，我真的好愧疚。我是不是该辞职回家陪孩子？但我又真的舍不下我的这份工作，何况眼下这么好的升迁机会，是多少人梦寐以求的啊。我如果错过了这个机会，以后怕是再难遇到了。

　　梅姐姐，您是个成功的母亲，也是个成功的作家，我想问问，您是怎么平衡家庭和工作的关系的？我在工作和家庭间，到底该如何做出选择呢？打搅您了，谢谢您。

丫丫的春天

亲爱的，你好。你问了我一个顶顶实际，也是顶顶普遍的问题：如何平衡家庭和工作的关系。

如何平衡呢？最好的状况当然是，工作要，家庭也要，双方温柔以待，互不冲突。然现实往往很是无情，它不会让我们左手甜蜜，右手锦绣的。这个时候，得看我们的取舍了，要甜蜜，就得放下锦绣；要锦绣，就得放下甜蜜。两两兼顾的有没有？有，只是过程万分艰难辛苦，非一般人能承受。其结果，往往也是两方面都照顾得不算好，都有所欠缺。

我是个感性的人。我以为，天大的事，都大不过陪伴孩子的成长。有些爱，是不能缺席的，一旦缺席，你再想回头弥补，已不能够。孩子的成长，是人生最重要的一章。这一章，如果没有母爱的陪伴，将来无论你给予他们多少额外的补偿，他们的人生，都是缺了一角的。你的事业却不同，现在暂且缓一缓，牺牲掉一点点，将来总有机会补回来的。只要你不放弃学习，不让自己沦入庸常，活得清醒就成。

我在儿子还小的时候，大部分精力是倾注在儿子身上的。当然，我的读书写作也从不曾落下，见缝插针呗。很多个夜深人静的时候，儿子在他的小床上甜美酣睡，我书桌上的台灯，是亮着的，我在灯下读书写字。儿子如今大了，虽没有成为大才，可是，他阳光、善良、积极、乐观，是这个世界美好的一分子。我呢，也没有丢了我的事业，那时候的积累，现在正好发光。

亲爱的，当你把孩子带到这个世上之时，你的肩上，就扛着一份巨大的责任，这份责任是，你得好好教育他们，守护他们，使他们心灵完整，人格完整。我们的身边不乏这样的例子，在事业上取得相当成功的女人，其子女却是"残缺"的，有三观不正的，有不学无术的，有五毒俱全的，叫人唏嘘不已。

孩子是上天献给这个世界的礼物，是我们生命的延续和传承，孩子健康了，世界的未来才是健康的。每每走过幼儿园门口，看到里面如雀般活泼天真的孩子，我总忍不住驻足在那里，看上一会儿。那是些多么幼小纯洁的生命！将来，他们又会成为怎样的人呢？他们若美好，这个社会的美好就会多一份。他们若不美好，这个社会便多一份灰暗和危害。一个孩子，他不单属于一个家庭，他也属于这个社会。

我家那人是警察。平日里，他见多了熊孩子们的不学无术，劣斑累累。这些孩子，曾经也是白璧无瑕，无比纯良的，怎么就成长到了这一步了？这与家庭教育的缺失，不无关系。

亲爱的，职位可以缓几年再升，孩子的成长，却一刻也等不了。人说光阴似水，盛年不再来。人生的哪一个阶段，又可以重来呢？一眨眼，宝宝们就大了，他们的童年，再回不去了。这一段倘若留下空白，对父母来说，也是一种遗憾吧。

我想，如果可以，你还是尽可能地，多花点时间陪陪孩子们的成长吧。当未来的某一天，你向社会输送了两个健康善良又有素养的孩子时，你该有多骄傲。因为，那才是你一生中，做得最漂亮的事。

梅姐姐

孩子就像一张白纸

梅子老师：

　　您好！

　　有个问题请教一下，现在教师行业补课、送礼成风，送礼的坐在教室的"黄金区"，不送的或者送少的坐在角落。孩子回来极端不平衡，但又不愿意我们送礼，期中考试成绩滑坡，这次调座位周围全是调皮的学生，不知道孩子坐在教室里内心是如何挣扎和无奈，会不会反感班主任从而对学习产生厌倦情绪。

　　梅子老师，作为一位母亲，我该如何开导孩子，或者妥协去送礼吗？说出来，轻松多了，请您务必给我回复。因为这也是一种社会问题，很普遍，家长很苦恼和焦虑。

您忠心的读者

　　亲爱的，看了你的信后，我思索了很久很久，我给不了你答案，也给不了你多么好的建议。我也只能就我个人的生活体验，谈一谈你说的这个社会现象。

我也是老师。我在教学第一线多年，我和我的同事们，谈不上有多优秀，但对每一个学生，都是倾尽心力去对待，无一丝隐瞒和藏掖，把自己毕生之所学，倾囊相授。常有调皮的学生，把我的同事气得恨不得吐血，他们在办公室里也发牢骚，是恨铁不成钢。然而一旦走进教室，身上的责任感又油然而生，哪一个老师不希望自己教的学生，能展翅翱翔？他们起早贪黑，从学生的早自修开始，一直陪伴到学生的晚自修，几乎是全天候。只要开学了，他们就完全没有了自己的时间，他们的时间都是属于学生的。

你说的老师补课现象送礼现象确实存在，尤其在小学阶段。因为孩子小，家长们特别不放心，生怕孩子在学校里被忽略了，被欺负了，送点礼拜托拜托老师关照，才心安。久而久之，大家都如此效仿起来，似乎不送礼他家孩子在学校就没办法活了——这多少因为我们做家长的心态，做不到安之若素啊。

我儿子读小学时，因他是中途转学来城里的，人生地不熟的。我也曾考虑过要不要送点礼，给他创造一个宽松的环境。但细思之下，我打消了这个念头。若我不是出自真心，想表达对哪个老师的感谢，这种送礼我自己会憋屈的，也是对老师的不尊重。我也不想让我的孩子形成这样一个概念，他努不努力都没关系，命运总会对他格外眷顾，因为他的妈妈会送礼，会帮他打通关系扫除障碍。我也害怕会在他幼小的心灵里，根植下这样的观念：这个世界，只要送礼，就没有行不通的事。我害怕我的孩子在将来，不靠努力吃饭，而成为一个挖空心思走"捷径"的人。

因此，在我儿子上学期间，我没有送过一次礼。当然，儿子喜欢哪个老师，他会主动买了书送那个老师，在节日里买了花送老师，他还送过老师月饼和巧克力——那是孩子自觉自愿的行为，且是带着感恩感激的心，我非常支持。

我想起我老家的一个人，他的孩子从乡下考进城里的重点中学。有人跟他开玩笑，说，城里都时兴给老师送礼的，你也收拾两亩地的东西送去，不然你那孩子想考上大学可就难喽。我的这个乡亲不紧不慢回了这么一段话，他说，他若把书读得进去，就不用我送礼。他若读不进去，我送了也没用，一切全靠他自己的造化。就像我种庄稼，能长麦子就长麦子，能长玉米就长玉米，这要看土壤它自己的意思哩。我这个老乡的孩子，后来考上一所知名的政法大学，现在留在北京工作。

亲爱的，孩子的成绩滑坡，与你没有送礼有必然的联系吗？几十个孩子坐在一个课堂里，不管是坐在前面的位置，还是后面的位置，一个教室就那么大，老师讲课的声音，足够传播到每一个孩子的耳里。老师也不可能因为有的孩子家里送礼了，就专门讲课给他听。有的孩子家里没送礼，就给那孩子塞上耳塞，让他听不到课。孩子成绩下滑，我们还是多从孩子自身找原因，及时纠正失误，树立信心。

还有，少在孩子面前抱怨和夸大社会上的负面消息。孩子就像一张白纸，你告诉他世界是白的，他就坚信是白的。你告诉他世界是黑的，他就坚信是黑的。我希望，对孩子要多些正面的引导。是的是的，这世上乱七八糟的事情很多，然正是因为这个世界不够完美不够好，才需要我们在孩子的心里根植下美好，用它来抵御那些不完美。

你说这次调座位，孩子的周围全是调皮的学生。那又如何？我想，那些孩子再调皮，在老师的课堂上，他们也不至于闹翻天吧？倘若你的孩子能在喧闹之中，坚定心神，勤奋努力，那也是一种历练。然后，你还能骄傲地告诉孩子，孩子，别人靠送礼靠拉关系，也不过尔尔，咱们凭借自己，就能把路走得这么好，这证明我们有多牛啊。

倘使那些孩子真的调皮过分了，真的太影响到你家宝贝学习，那你也不能坐视不理，可以找老师找学校讲明。我想，你合情合理的要求，会得到妥善解决的。

梅子老师

一苇可航

梅子姐：

你好！

我想跟你说说我的烦恼。

我今年15岁了，没有交心的朋友，微信、QQ、微博几乎没有人给我发消息。

我在学校里有朋友，但都不是交心的，有些话无处倾诉，孤独的感觉愈来愈强烈。我总感觉自己得了阳光孤独症，看着很快乐、开心、乐观、努力学习，其实我的内心很难受。我承受着初三巨大的压力，负重前行，每天都不敢有一丝懈怠。我很遗憾我没能有一个能同甘共苦，从小玩到大的朋友，那样，至少也不会那么难受了吧！

梅子姐，你说呢？

小读者

宝贝，你是不是夸大了你的孤独呢？

学习的压力，不是你一个人才有的哦，天底下读书的孩子，没有一个是轻松的，他们都在"负重而行"呢。一个校园，有那么多班级，一个班级，有那么多孩子，他们不正和你同甘共苦吗？宝贝，你根本不是一个人在奋斗，而是一群人呢。

你感叹没有交心的朋友。或许，你的同学也在这么感叹着呢。我们总是揣着小心事，期望着别人来理解我们，来做我们的解语花，这多半是不可能的。因为，你不跟人家交心，人家又怎么可能跟你交心呢？

人人都隔着一条河，期待对方的光临。其结果是什么呢？哪怕等上一千年一万年，对方也不会光临的吧。这个时候，哀叹和遗憾是无用的，只有主动想办法靠近。

心与心的距离，有时并不是我们想象的那么遥远，它或许只有一胳膊的距离，一苇可航。你为什么不试着向前迈上一步呢，用你的微笑，你的理解，你的宽容，你的活泼，你的真诚，你的热情……渡过这条横亘于你们之间的窄窄的小河，便可顺利抵达对方的堤岸。

另外，你也要学会与自己相处哦。孤独是人生的常态，适当的孤独，可以使我们更好地面对自己，保持内心的澄澈。有些话不与人语，可与自己语，让自己做自己的解语花。

祝你快乐。

梅子老师

心怀甜蜜

梅子老师，父母离婚四个月，我还是无法忘记这件事，心也一直痛，真的很难受。

我真的迷惘，可能心灵创伤无法弥补吧，我也有了一丝的自卑感，我觉得我是个很倒霉的人，什么坏事都会发生在我身上，每天晚上都是悄悄地哭。希望梅子老师能出点好主意，让我忘记这件事。万分感谢！

悼悼

宝贝，我给你讲一个真实的故事吧。

故事的主人公是个八十六岁的老太太，她生活在海边的一个小渔村，一辈子没有走出过那个村子。

当年嫁人，她生下第二个孩子后，丈夫在海里出了事。那个时候，她三十岁不到，一个女人拉扯着两个孩子，生活实在艰难。后来为了孩子，她又嫁了人。她与第二任丈夫又生下三个孩子，这样的太平日子并没有维持多久，在她最小的孩子还在襁褓中时，她的第二任丈夫也在海里出了事。

彼时，她三十五六岁，早早白了头。苦熬苦撑着，她终于把孩子们都养大了，个个成家立业。眼看着她要奔向好日子了，该安度晚年了，上帝却给她开了个更大的玩笑，她的子女接二连三出事，这家出了车祸，那家得了绝症，五个子女，竟无一幸免。床上还躺着她那患软骨病的孙子，三十多岁了，吃喝拉撒，全要人伺候。她每天拖着八十六岁的身子，奔波在她的子女中间，一家一家去照料，日子是泡在海水里的。

即便这样，她也还是抽空在门前的空地上种花生、种芝麻。每年，她都用她种的花生和芝麻熬制花生芝麻糖，自己吃，也分送给邻里吃。吃过的人，都念念不忘，都说比超市里卖的要好吃得多。

我也吃过她做的花生芝麻糖，薄薄的一块块，脆而香。我问过她，这手艺是什么时候会的？她告诉我，在她年轻的时候，就会了。那些苦巴巴的日子里，她就是靠着这点点的甜，一路走过来的。她说，日子里还有花生芝麻糖吃，这日子总不算太坏的。

宝贝，你有这个老太太倒霉吗？当然没有。成人犯的错，用不着你来承担，你还小得很，还有大把美好的未来在等着你。一路之上，你当然还会跌倒，还会受伤，但请不要过分沉溺于哀叹之中，生活不仅是苦的，还有甜美的滋味。来，种下你的"花生"吧，种下你的"芝麻"吧，熬制出属于你的"花生芝麻糖"。让心里多一点甜蜜，再多的不幸，终会过去。

梅子老师

人生的必修课

梅子老师：

　　您好！

　　初中起就很喜欢您的书，现在的我已经上高一，可能是刚开学的缘故吧，总是会不适应。

　　爸爸曾在初中时答应我，如果我考上我们这里最好的高中，他会接送我，无论刮风下雨。这所学校离我们家很近很近，我中考完，成绩也够得上，但是，他怕我去这所学校因为成绩靠后跟不上，所以让我去了另一所学校。去那所学校就要住校，我心里是极不愿意的。明明他说会接送我，可是现在却为了省事就让我住校。我无法理解他为什么要这样。

　　我知道他每天工作很辛苦，有时候我也不想和他们吵，和他们生气。上个星期住校回家，和妈妈抱怨了一路，当时的我在气头上，所以说的话很冲，其实后来我很内疚。这个星期回家，我是想好好和他们说的，可是无论我怎么说，他们就是不同意我不住校（住校要一个月才能回家一次）。我又不是住在乡下，我觉得没有必要。

　　今天妈妈为这事说我，话说得很冲，我没有和她吵，只是承受着，我哭得很难受。我心里也不想让他们烦心，我只不过是想把我的真实想法说出来而已，我有错吗？明明说好的承诺，可为什么又不兑现。梅子老师，您说我该怎么办？

一个高一女生党

姑娘你好，再小的鸟，也总是要长大的，也总要自己去觅食。终有一天，要自己去搏击蓝天。

好姑娘，你现在已经是高中生了，不再是牵着爸妈衣襟走路的小女孩了。世界在你面前，将会越来越阔大，越来越缤纷。山高水远，道阻且长，都得靠你，独自一一去体味，一一去走完。

是的，爸妈曾护着你，如老鸡护小鸡。他们害怕你会受伤害，害怕你会摔倒，他们替你挡住了所有风雨，扫除了所有障碍，让你的世界，一片纯真静好。然爸妈的羽翼再丰满，也只能护得了你一时，护不了你一世。亲爱的好姑娘，自主独立是人生的必修课，你不亲自修完这一课，你又如何长大？

住校有什么不妥和不好的呢？你相对于其他孩子，又有什么特别的地方呢？其他孩子能做到的，你为什么不能？这是多么自然而然能做到的事，在你，却是百般委屈，且拿了这个去跟爸妈较劲。好姑娘，你是不是显得有些幼稚了？

在集体环境里生活，是相当棒的一件事。大家一同起床，一同吃饭，一同学习，一同顶着星星回宿舍，临睡前，一起八卦，相互交流着一些小秘密——

这些都是你的青春最绚丽的色彩，日后都将成为你最珍贵的回忆。

　　好姑娘，不要太惯着自己，太惯自己了只会使自己变得越来越脆弱。植物只有经过日晒雨淋，才会生长得更茂盛。同样的道理，只有经过繁复的生活百般锤炼的人，才会越来越结实，才会经得起风，扛得起浪，顶天立地起来。

　　好姑娘，愿你有个美好的未来。

梅子老师

正视并接受

尊敬的丁老师：

　　您好！

　　我是一个初二女学生的家长。我的女儿是一个白化病患者，就是通体雪白，头发雪白的那种人，怕见光，视力只有 0.05。小学时各方面表现都不错。

　　现在因为学业重，做父母的起初也没注意她腰椎和颈椎都有问题，有时会头晕得厉害，有时腰痛得厉害。于是脾气也变躁了，不叫我们父母，总是对我们大声叫唤，甩门、死命甩东西，感觉整个人都躁动不安，三天两头与我们吵闹，感觉她心中没有爱和美好，我们为此很焦虑，而您的文章充满着爱与美好，您能给我们支支招吗？

　　　　　　　　　　　　　　　　　　一个为孩子成长而焦虑的父亲：姜

　　姜爸爸，你好。

　　看完你的信，我的心情有些沉重。对于花季的女孩子来说，患上这样的病，真的要了命。对于做父母的来说，孩子病成这样，比病在自己身上还痛。

可是，命运有时由不得人，厄运就这么来了，我们能怎样呢？除了接受它，别无别的法子。

这个时候，孩子需要的，不是安慰，不是同情，而是理解，是有人能陪着她耐心地走下去。

所以，你们要理解她脾气的反复无常。

那不是她自愿的，是她的身体逼迫着她做出的反应。

在她暴怒的时候，你们千万不要跟她动气，要给她宣泄的一个出口，不要把那个出口堵死了。她最亲的人是你们，她也只有对你们能这样。

等她情绪恢复正常的时候，再跟她推心置腹地谈谈，让她正视并接受一个事实：她真的病了。这是谁也不愿意见到的事，但没办法啊，上天就是这么安排的，我们抗拒也没有用啊，那就好好地接受它，慢慢地适应它，最后超越它，活出另一番样子来。

这世上不乏命运多舛的人，她不是唯一的一个。有人一出生肢体就不全，有人先天性失明，有人瘫痪，有人患上软骨症……他们中，有不少的人活出精彩人生。你可找这方面的书籍给她看看，比如海伦·凯勒的《假如给我三天光明》，克里斯廷·拉森的《霍金传》。

不要轻易否定她的爱和美好，只是她的爱和美好，暂时被疾病给淹没了。给予她时间和耐心，也给予你们自己时间和耐心，陪着她一起走出泥潭。不管她如何狂躁，你们也不要跟在后面狂躁，你们要尽量表现得云淡风轻些，哪怕是表面上假装的乐观，对她，也有一定的安抚作用。

尽可能地多开拓些她的爱好，引导她做点喜欢做的事，比如画画呀，比如做手工呀，比如鼓捣一种乐器呀……当她喜欢并热爱上某一桩事情并为之投入热情时，她会"忽略"掉身体上的不足。支撑人好好活下来的，是精神的富有。

这世上芸芸众生，各有各的艰难。努力克服掉那些艰难，做自己的英雄，是我们这辈子要追求的事。和孩子一起努力吧。

另外，建议你多带孩子到大自然里去走走。大自然是最好的疗养师。

爱你们的梅子老师

家是温暖的港湾

梅子老师:

　　您好!

　　最近我的家庭里出现了一些问题,我的母亲最近很焦虑,因为我的哥哥。

　　他原来是当兵的,退伍后,出来工作,住在我们家。一开始他是篮球教练,早上七点钟起床,然后就在卫生间里待着,由最初的十分钟,变成了三十分钟,后来变成一小时。出来后,三五分钟在厨房,面对着窗户背对着我妈解决早饭,就出门。此间一句话没有和我妈讲过。晚上十点钟回来。总之是早出晚归。

　　我妈和他谈过,问他为什么早出晚归,他说是工作原因。再细问便不回答,认为是我妈逼他成功,给他施加压力。总之,他的事情从不告诉我们,发生了什么我们都不知道。

　　再后来,他辞掉了这份工作,因为薪水低。我妈让他赶紧找工作,他都说"好"。清明节以后,他便起得越来越早,五点多就出门了,晚上将近十二点钟才回来。我妈变得越来越焦虑,她害怕我哥会不会干什么不该干的,走上不归路。

　　一切情况便是这么多,很抱歉耽误了您的时间,但是真的很希望梅子老师能给些建议,该怎样处理。

　　谢谢梅子老师!

您忠实的读者

亲爱的，看了你所描述的，我都替你们担起心来，是啊，你哥到底在干吗呢？

你哥和你们的关系，从前就是这样吗？他行他素，少有与你们交流的？

想来你哥也二十好几了吧？二十多年的时间里，你妈对你哥了解多少？他平时喜欢做些什么，不喜欢做些什么，他结交过哪些人，他平时想得最多的是什么，他有什么样的愿望……这一些，你妈知道吗？

当兵回来，他心里有没有失落感？做篮球教练那阵子，他遇到过什么样的事？在这样一个靠文凭靠实力才能立足的社会，大学毕业生就业尚且艰难，你哥一高中毕业的，要找到一份满意的工作，谈何容易？他碰过多少壁呢？内心一定相当挣扎，一定暗藏自卑。这一些，你妈知道吗？

他一个人扛着，也是不想你们看轻他吧。你妈和他谈，关心的不是他活得是否开心，而是他为什么要早出晚归。他在你们那里，得不到安慰，他的心门，自然会对你们越关越紧。他辞了教练的工作，你妈大概没等他调整好心情，就不停地催促他，赶紧找工作。他只得赶紧，也急于证明给你们看，他会赚多多的钱，独立出来，独当一面。可钱真的不是那么好赚的，他陷在他的困境里了。

亲爱的，能解开你哥心结的，只有你们这些家人了。在他面前，尽量少提工作的事，多关心一下他的冷暖。家是温暖的港湾，你哥在家的时候，家里的气氛千万不要太沉闷，你和你妈，都要开明一些，笑容多一些。家人在一起，说说玩笑话，逗逗乐子不好吗？

找个由头，送你哥一件他刚好用得着的礼物。做一顿丰盛的晚餐，搞个家庭小聚会，拉上你哥，喝点小酒，一起好好聊聊。我想，慢慢地，他对抗的情绪会软化的吧。趁着彼此的心情都不错，聊点心里话吧。亲人之间，有什么话不可以说的呢？说出来，大家一起想办法解决，让你哥触摸到来自你们这些家人的温暖。

是的，告诉他，你们是最爱他的人。他能不能找到一份好工作，能不能挣大钱，那些都不重要。重要的是，人要好好的，要快快乐乐的。

只要人好好的，未来便充满希望，一切都会好起来的。

梅子老师

第 二 辑
灵魂的高贵

微笑，有时抵得过千金相赠。

灵魂的高贵

梅子老师：

你好！

我最近读了你很多文章，发现你是个很善良的人，一花一草都在你的笔下生情，让我很想靠近你，取取暖。在生活中，我是个很悲观的人，很少能遇到像你那样的人。我觉得，人心深不可测，人太坏。

请问，你是如何理解善良的呢？你又是如何做到善良的呢？

零度以下

亲爱的宝贝，你好。谢谢你对我的阅读，谢谢你还觉得我是个很善良的人。那么，这个世界，还不是叫人太悲观的。你说是不是呢？

我常常要为生活中的一些小小的事件感动：

比如说，在一商场门口，有个女子，掀起门帘，立在门口很久。她等后面的顾客全进去了，这才放下门帘，独自走开。为了保持室内恒温，商场门口挂着厚重的门帘。

比如说，黄昏时，一个男人，路过路边小菜摊。那是近郊的菜农们摆的摊。男人本来已经走过去了，忽然回头，犹豫了一下，走到一个老人跟前，蹲下来，把老人菜摊上的菜，个个买了一些。临了，他不肯要老人找给他的零头。他蹲下的那个动作里，有慈悲。他知道这些乡下种菜的老农不容易。

比如说，红绿灯路口，一个小女孩牵着要闯红灯的妈妈的衣襟，指着红绿灯，执拗地说，妈妈，等绿灯，等绿灯。

比如说，一个盲人走进一家早餐店，里面的一个小服务员看到，立即走过来，搀扶着他，把他引领到桌边坐下，又细心给他布好桌上的餐具。

比如说，傍晚的时候，一个男人用三轮车载着他半身不遂的父亲，出门散心。白天，这辆三轮车是他载客的工具，他用它赚生活费。那个傍晚，他用它尽孝心。他一边慢慢蹬着车，一边扭头轻声对父亲说着话。七尺男儿，话语温柔得滴得下水来。

比如说，下雨天，一家小店借出自己的门厅，给路过的人避雨，且提供板凳和免费的茶水。

比如说，一个小男孩，给因车祸而导致瘫痪的母亲梳头发。他一边梳，一边唱着赞美歌，妈妈，你是世界上最漂亮的妈妈。神情低落的妈妈脸上，渐渐浮上了笑容。

比如说，火车上，一矮个的妇人，无法把重重的行李，搁到行李架上。

旁边立即有人伸出手来，轻松地帮她搞定。妇人到站了，又有人主动帮她把行李取下。

比如说，进城探亲的老人迷了路，在一个学校附近打转转。一来上学男孩看见，询问了情况，他把老人一直送到目的地。他为此而迟到了一节课，挨了不知情的老师的责备。

比如说，血库告急，而病人必须输血。消息一出，认识的不认识的人，都赶了来，在医院门口排起长队，静静等着献血。

比如说，小城人穿破的旧鞋从不丢弃，都送到巷口的补鞋摊上去。那个患腿疾的男人，在那里摆摊已好几十年了。近些年，小城人的生活水平极大提高，早已不在意一双穿旧的鞋了，可他的生意，却从未中断过，鞋摊上总有补不完的鞋。

善的举动，并非都要敲锣打鼓地进行，很多的，已融入我们的日常。走路时，低首，你看见路上有障碍物，如小砖块、小石头，或是断了的树枝之类的，你捡起它，以防后面的人摔倒；拥挤的路口，你不争抢一分一秒，而是静静等待；被人不小心踩着脚了，你不破口大骂，而是宽容地一笑，说声，没关系的；遇到受伤的小动物，你能救治得活；对小孩和老人你都极有耐心，态度和蔼。

不恶语伤人。不疾言厉色。不坑不拐。不嘲笑讽刺。不打击挖苦。不尖酸刻薄。不耍阴谋诡计。不斤斤计较。不钻营取巧。不漠视不麻木。自律自爱，恪守本分，乐于助人，富有同情心，这都是善良。别人落难了，你因条件有限，不能提供太多的物质帮助，但你可以借他一个温暖的肩头，让他靠一靠。你还可以给予他微笑和懂得，慈悲和怜惜。

微笑，有时抵得过千金相赠。

我把这一些称之为，灵魂的高贵。我能做到，许多普通人都能做到。

宝贝，这世上虽有可厌可恶之人，可更多的，却是这些普通着的，灵魂却如钻石般闪着光的人。我希望，你也是。

梅子老师

你是大自然的孩子

梅子老师，我喜欢你。

刘弯弯

小弯弯，你好啊。

我是梅子老师。我走在从你的学校，返回我老家的路上，手里揣着你给我的纸条，上面是你工工整整写着的一行铅笔字："梅子老师，我喜欢你。"一路上，我都在想你。我想着，要跟你说说话儿。

我选择的是步行，我喜欢这样走着。从前上学，我都是从家里这样走着去学校，再从学校这样走着回家。沿路要穿过好几个村庄，和一些田畴。要跨过好几座小木桥，和一些沟渠。我认识路边每一户人家养的狗和猫。我认识地里所有的庄稼，那些麦子、蚕豆、玉米、水稻和棉花。我认识沟边长着的小野花，那些一年蓬、蒲公英、婆婆纳、泽漆、紫云英和小蓟。河畔的茅草春天绿着，夏初时节会开出茅花，白花花的一片，像下着雪。靠岸的柳树上，也总是托着个大大的鸟窝。我痴迷于那些花啊朵的，还有花朵下的虫子们，它们总能牵住我的脚步，让我一再晚归。

小弯弯，你也是这么走着上学放学的吧？那么，我要为你庆幸。多幸运啊，你能身处这样的大自然里，日日不相离。你是否走着走着，也会停下来，和一棵草说说话，和一朵花说说话，或者，逗逗一只小虫子，问候路过的一只小鸟？一个心中装着大自然的孩子，无论他将来身在何方，他都会心怀柔软和善良，懂得爱，懂得感恩和珍惜。

小弯弯，我和你，都出生在这样的乡村，它偏僻，它离闹市甚远，它没有车马喧哗，它有的，是鸡鸭猪羊。在一些人的眼里，那是落后，是闭塞，是贫穷困苦。——曾经我也是这么认为的，并为此而自卑。然等我长大了，等我置身于城市的高楼大厦里，我却深深怀念，这里的一切，我感激着我能生长在这里。你看，大自然是多么偏爱你啊，你知道庄稼是怎么从泥土里长出来的。你能脱口叫出很多野花野草的名字。你能学小雀的声音。你听得懂哪是蛐蛐在叫，哪是纺织娘在唱歌。你知道，月亮倒映在门口的小池塘里，是什么样子。你知道，青蛙是从蝌蚪变出来的。你能说出弯弯的月亮，像扁豆。

小弯弯，我之所以要跟你说这些，只是想告诉你，你拥有的，永远比失去的要多得多。

你的学校，也曾是我的母校，是我少年的梦想生长的地方。只是，很不好意思地悄悄告诉你，那个时候，因家里贫穷，我曾好自卑。但我热爱读书，热爱幻想，热爱大自然，所以，内心活得丰盈充实。至今回想，那段时光，堪称我人生最美的时光。我好比一株植物，一棵庄稼，享用着天地日月的无私赐予，一日一日葱茏起来。

　　你比那时年少的我，还要小一些，你才九岁，才念小学二年级，如初春的柳芽，刚刚冒出来。在你稚嫩的眼里，天空大地，应该无一不好吧？你尚不懂得惧怕和自卑，风来，雨来，在你，都以为那是理所应当。我多么希望，你能永远活在这样的天真里。

　　听你的老师介绍你，还在吃奶的年纪，你就失去双亲，跟了爷爷奶奶。爷爷瘫痪在床，奶奶又因小儿麻痹症留下后遗症，行动不便。你小小的人儿，就撑起一个家，烧火做饭，竟都学会了。邻里也都帮衬着你们家，缺短少长的，都会有人送来。社会上也有好心人上门，送钱送物。你身上穿的，不比别的孩子差。

　　知道吗小弯弯，听到这里时，我的鼻子一度发酸。你是不幸的，仍又是幸运的。邻里相帮，天地广阔，该削减了你多少的疼痛和寒寂啊。

　　我坐进你们的教室里听课。你，和那些孩子，多像小鸟、小鱼、小猫、小狗、小鸡、小鸭、小蝴蝶。我不知道怎么比喻才恰当，一切的小小的可爱的，都能用到你们身上。

　　那节课，老师带你们学习了李峤的一首名为《风》的诗。老师让你们学大自然的风吹，你们一个个，鼓起小嘴巴，一会儿学龙卷风，一会儿学大风，一会儿学微风，兴高采烈。你也是兴高采烈的。

　　下课了，我把你叫到身边，抱你坐我的膝上。你两只大眼睛，很害羞地看着我。我问你，小弯弯，你最喜欢什么样的风呢？你眨巴眨巴眼睛，轻轻答，我最喜欢微风。我问为什么。你回，因为微风吹在身上暖洋洋的，不冷。

好一个不冷！小弯弯，我真高兴你这么答。我真心祝愿，那些微风吹过的暖，都能烙在你的记忆里，成为你今后战胜困厄的力量和勇气。

还是要为你庆幸，你生在这里，你是大自然的孩子。

梅子老师

赞美的力量

梅子老师：

您好！

我是您的小读者，我读过您很多书，最喜欢您的《等待绽放》。我羡慕王潇哥哥，他有您这样的好妈妈。我真想您做我的妈妈。

我一直生活在我妈的阴影下，好像我是捡来的，不是她亲生的。

从小到大，我都非常努力。小学时，年年被评为优秀少先队员，我妈却从来没有一句赞扬的话，总是对我说，别翘尾巴，你的路长着呢。到了初中，我的成绩稳在年级前五名。我妈对此不是很满意，问我，那个第一的位置，为什么不是你去坐？我做得再好，她也不会有多高兴。昨天我兴冲冲回家，告诉她，妈妈，我参加市里物理竞赛获得一等奖了。我妈只是淡淡地笑了笑，哦了声，却反复提醒我，别骄傲，山外有山，楼外有楼。

在我妈的眼里，我就是个很失败的人，永远不可能昂扬起来。我觉得好孤单好孤单，我已不知道我努力的意义在哪里了。我不知道我妈为什么要生下我这么笨的小孩。

梅子老师，您能和我妈妈聊聊吗？我真的不想活在她的阴影下了，我很压抑。

谢谢梅子老师。

小读者：果

果妈，你好。

收到我的信，你感到很意外吧？是你儿子果的一封信，促使我想要跟你聊几句。

你的儿子果，是个很优秀的少年呢。他读书，从小学，到初中，一路做着好学生。却有个困惑埋在心底，他说他做得再好，也从未得到过你的赞美。即便他参加全市物理竞赛获得一等奖，你也表现得很淡定，对他说，别骄傲，山外有山，楼外有楼。在你眼里，他一直有着欠缺。你不知道，这对他打击有多大。

果妈，也许，你是想用你的淡定，来激发孩子更大的斗志，你的赞美，是放在心里的。也许，你是怕孩子骄傲自满，故意看轻他取得的成绩。——不管你是出于什么目的，一个极少获得赞美的孩子，他会越来越失去自信心的。

我想跟你说个与赞美有关的故事，我亲历的。

半年前，我遇见我的一个老同事，从前她做后勤工作，我们接触不是太多，遇到也只是点点头，招呼一声。至多是这样。

她于哪一年退休了，我并不知。偌大的学校，多一个员工，少一个员工，不大显现。只是偶尔我拐过图书楼一角时，才想起好久没看见她了。从前她喜欢站那里，和图书馆的一个老师聊天，玫红的衣裙，打扮得挺精神。有葱兰花儿，小白蛾子似的，绕着墙脚开。

那日她来，是有事来的，脸色很憔悴，似有万分的不如意。我冲她笑笑，招呼她，她也只冷漠地点一点头。然她一袭玫红，却自有着鲜艳和明亮。我忍不住夸道，你穿玫红真好看，你的身材保持得真是好。

她本是要走开的，听我这么说，很意外，站住，侧过头来看着我，笑慢慢爬上她的脸，她问我，真的吗？我肯定地告诉她，真的。

电梯旁有穿衣镜，她冲里面瞭一眼，点点头。电梯来了，她笑着走了。

一些日子后，她托同事捎来口信，说她特别感谢我。同事说，她现在天天去公园跑步，还报了个老年绘画班，在学绘画。六十多岁的人，看上去一点儿也不像。

原来，我那次看见她时，她正跌到人生低谷，儿子和儿媳离婚，她自己又查出一身的病，觉得人生了无生趣。我随口两句的夸奖，像点醒了梦中人。她在镜子里看到她自己，还不算老，还能跑能动，身材也还不错。她想，我应该活得很快乐的啊。

她去学绘画，跟五颜六色打交道。她每天去公园跑几圈，顺便看看花草树木，听听鸟叫虫鸣。一身的病，竟渐渐消减了，血压和血脂也都降了下来，人也变得面色红润。最近，她又加入一支老年舞蹈队，在里面做了领舞的，很风光。我能想象她的样子，一袭玫红，旋转起来，还当如一朵芍药花。

我想起以前在作家班读书时，遇见的一个小男孩，那孩子告诉我，他家养了好几大盆兰花。"我家的兰花，开得特别特别好，花朵特别特别大，是世界上最大最好看的兰花。因为，我每天都对它弹琴呀，赞美它呀。"小男孩一边比画着，一边得意地说。他妈妈在一旁证实，说每次孩子的琴声响起时，那些兰花都有反应，花瓣儿随着音律轻轻颤动呢。

果妈，你信吗？反正我信。花草尚且需要赞美，何况我们人呢？轻轻的一句赞美，有时，顶得过送人一个春天。

梅子老师

学会尊重和感恩

梅子老师：

　　您好！

　　我刚刚和我妈又吵了一架，我啪地带上门，跑出来了。在街上晃了一通，不想回家，我就跑到我同学家里来了。这会儿，在用我同学家的电脑，给您写信。

　　我妈一直当我是个长不大的小孩，整天对我管头管脚，恨不得把我的心也管住。她进我的房间，从不会敲门，想进就进。她整天啰啰唆唆，多吃点啊多穿点啊走路看着点路啊别和同学玩太晚啊……反正是一大堆一大堆，听得我耳朵疼。她偷偷翻看我的日记，被我发现了，她却理直气壮地说，我是你妈妈，你对我还有什么秘密？我不听她说的老经验，她就甩过来一句口头禅，我吃的盐比你吃的米还要多，你不听我的听谁的？

　　梅子老师，我今年都15岁了，我长大了，我妈还这样对我，我真的受不了了。我好羡慕你家小孩，你对他就像对好朋友一样的，我真羡慕他有你这样的妈妈。

　　唉，我也不知道怎么办了，我真的不想回家。梅子老师你能告诉我，我该怎么办吗？

冉冉

冉冉，在读你的信的时候，我的眼前，晃动的却是一位妈妈的样子，她无助、孤立、茫然、难过，夜不能寐。夜色中，她静静伫立街头，默默祷告，上天啊，请保佑我的孩子！

我曾经也是这样的一个妈妈。我的小孩，是我一手带大的。他小时体弱多病，半夜三更，我一个人抱着他往医院跑，看针管插进他细嫩的皮肉里，我哭得稀里哗啦，比剜了自己的肉还疼。他会走路了，我高兴得恨不得让全世界都知道。他会说话了，那声音在我耳里听来，是最美妙的天籁。他能背着书包去学校了，我担心着一路的车辆，祈祷着，千万别碰着我的小孩啊。天冷了，赶紧给他加衣。再忙，也赶着回家给他做饭。他就是我的小宇宙。

不知不觉中，他长大了。他经常跟我顶嘴了。他不屑听我说话了。哪怕我说的话再有道理，他也要对着干。有一段日子，他的口头禅是，你懂什么！他用"代沟"这个词，把我这个做妈妈的，拒于他的心门外。那些日子，我很不争气地偷偷流过眼泪。夜里睡不着，坐床上叹气，心绞成一片一片的，不知拿我这个小孩怎么办。大清早的，却忙着起床，去买他爱吃的早点。

冉冉，这就是妈妈。天底下的妈妈都是这般的，对孩子无限包容和爱着。我想，你的妈妈也不例外。

你说你又和她吵了一架。你嫌她老是管着你。你嫌她说话啰唆。你嫌她不尊重你的隐私，偷偷翻看你的日记本。你嫌她老用她的老经验来教育你。你说你好羡慕我的小孩，好羡慕他有我这样的妈妈。我得惭愧了冉冉，因为，我这个妈妈，在我的小孩眼里，也有着诸多不足呢。虽然他已长大成人，我还是对他啰唆着，操着操不完的闲心。

曾看过这样一个故事，一个女孩子，和妈妈拌嘴了，一气之下，离家出走。妈妈在一夜之间急得白了头。女孩子却不知，她赌着气发着誓，再也不回那个家了。然而身上的钱，很快用光了。她在一家面条店门口徘徊，饿得快晕过去的时候，好心的面条店老板，给她下了一碗面吃。她吃完，感恩戴德地双膝跪下，向面条店老板谢恩，说他是个好人。

面条店老板一把扶起那孩子，叹口气说，孩子，陌生人给你一碗面，你就下跪，感激得不得了。你妈妈养育了你十八年，你有没有跟她说过一声谢谢？你现在还让她在家担着心呢。

冉冉，不知你听了这个故事，有何感想。当你摔门而走的时候，你有没有听听身后，妈妈无奈的啜泣？你有没有看到一颗做妈妈的心，因你的伤害，也会碎裂开来？身边的爱，来得那么容易，那么理所当然，常被我们辜负而不自知。

冉冉，你现在知道该怎么做了吗？你对妈妈，首先要学会尊重和感恩。这个尊重和感恩，不是让你对妈妈绝对言听计从，而是把妈妈当好朋友。她说的话，她做的事，未必全部没有道理。有道理的，你且试着去听去做。你认为没道理的，你可以跟妈妈好好交流。你不妨跟妈妈温柔地说，来，妈妈，我们好好聊聊吧。如果这样，冉冉，你想，结果又会如何呢？

梅子老师

戒嗔戒怒，也是一种慈悲

　　梅子，我想了几想，还是想跟你倾诉一下我的小烦恼。原因嘛，我也想不好，就是觉得你值得信任，可以解我心结。我这个人吧，没多大坏心眼，但就是脾气坏，很爱发火。我妈常说我是个"爆竹捻子"，一点即燃。每次发完火后，我都深深后悔，很恨那个发火的自己，一点风度和气度也没有，很丑陋。有些事事后想想，完全没必要发火，不就那么芝麻大点儿的小事嘛。可是，我就是控制不了自己，那一刻，我就像被魔鬼附了身，非要搅他个天翻地覆不可。唉，就因我这坏脾气，我的人际关系，一团糟糕。

丽丽是个女汉子

丽丽好，谢谢你信任我。

我想讲一个真实的故事给你听，是前不久发生在我身边的。

那是一个很美好的清晨。太阳还不曾出来，路旁的紫薇花上沾着露，小鸟的叫声里含着露，银杏的叶子开始描着金黄，栾树的果，也有些微微红了，路上行人稀少，一切的一切，望上去，都是恬美的、宁静的。一辆货车驶来。紧接着，一辆轿车也驶来。货车突然停下，要把车上的部分货，卸给路旁的一家店铺去。后面的轿车被挡了道，司机先是不停地按喇叭，见货车司机不理会，他就跑下来理论，三言两语的，双方吵了起来。都年轻气盛着，吵着吵着，发展到谩骂和互殴。货车司机在争打中吃了点亏，一怒之下，返身回到驾驶室，取了一把扳手出来，一扳手下去，当场结果了轿车司机的命。

美好的清晨，就这样被打碎了。事情本来只是个简单的事情，货车司机只消几分钟，就可以卸完他的货，轿车司机等上几分钟，也就好了。两个人本可以好好商量的，却因脾气上来了，什么也顾不上了，白白毁掉自己，也毁掉他人。留给他们亲人的痛，是长长久久的，一生或许都难以平复。

丽丽，我们生活在这个尘世里，泥沙俱下，难免会遇到不对眼的人，不对眼的事，一时不能顺了自己的心。这个时候，我们尤其要有定力，不能自乱了阵脚，任由脾气似脱缰的野马，肆意横冲直闯，最终伤了别人，又伤了自己。更何况，有时，有些事情并不是你想的那样，只不过是你钻了牛角尖了，你把问题想偏了，你产生误解了，你一时半会没回过神来。倘若你不分青红皂白，乱发一通脾气，你是一时痛快了，可事情会变得怎样？也许本来是桩好事儿，被你一通"大火"，生生给烧成灰烬。

人在脾气上来的时候，最不像人，像兽。正如你所说的，很丑陋。三句话不投就暴跳如雷的人，是很难获得别人尊重的。尽管有的人心地也很善良，还颇有才华，却因脾气太臭而显得缺乏素养，在别人的评价里往往是这样的：哎，那个人，素质很差的。他们又哪里能赢得朋友？

我祖母曾有金句赠我：一句话说得人笑，一句话说得人跳。说的是言语的好坏，往往会导致相反的结果，言语恰当，如春风拂面，使人开怀；言语丑陋，如阴雨淋漓，使人愤怒难堪。当坏脾气上来了，什么难听的话都蹦出来，句句裹着刀带着剑的，哪会不伤人？

丽丽，我们来到这世上，终其一生，就是个不断完善自己的过程。在这个过程中，我以为，素养应该放在第一位。良好的品德，是建立在良好的素养上的。戒嗔戒怒，是一种好的素养，也是一种慈悲。因为，言语伤人是把软刀子，虽然看不见出血，却被你戳得处处都是血窟窿。

人常说，忍一忍风平浪静，退一步海阔天高。这是很高的修为呢。越是有修养的人，遇事越能沉得住气。他的和风细雨，往往有四两拨千斤的功效。丽丽，你要修炼的，正是这个。多微笑，少发火。多听别人解释，少武断。多学会说对不起，多说几声没关系，那样的你，会变得很优雅。

医家讲，怒伤肝。佛家说，不嗔不怒。丽丽，一笑泯恩仇。何况也没有那么多恩仇呢。收起你的坏脾气，做个有修养的人，这是对别人的善良，也是对自己的善良。

梅子老师

一花独放不是春

梅子老师：

您好！

我是您的小读者。

我最近很苦恼，想对您诉说，不知您会不会看到。

我是一个好强的人，在小学里，成绩一直遥遥领先，我上过我们市的十佳少先队员榜，我得过很多奖项，其中包括演讲比赛、作文竞赛，我受到全校师生的瞩目。

可升上初中后，我遇到一个强有力的对手了，他处处比我强，口才也很好，我的强项作文，也比不过他了。本该我得的荣誉，一个一个，被他不动声色收入囊中。每次看向我，他的眼神都充满挑衅，自傲不凡，仿佛在说，你，沈琪心，不过是小样儿。这使我深受打击。我承认，我嫉妒了，我很恨他，可是我又毫无办法。

昨天我的同桌告诉我，他在背后扬言，说，再来十个沈琪心，我也能打败她。我听得又愤怒又沮丧。梅子老师，你能不能告诉我一个好办法，让我好对付他。我实在受不了了。

您的小读者：琪心

琪心，我想先给你讲几米漫画中的一个故事，是关于一只猫，和一只小老鼠的。

你也知道，猫和老鼠天生是死对头。漫画里的这只猫，自然对老鼠也没什么好印象，它一看见小老鼠，就穷追不舍。小老鼠每天过的日子，那叫一个提心吊胆啊，充满了刺激和挑战，它生怕一不小心，就落入猫爪下，成为猫的美餐。

小老鼠恨这只猫，恨得牙痒痒的，恨不得这只猫立即从它跟前消失。有一天，它的心愿，竟意外达成了，猫真的从它跟前"消失"了。原来，猫不幸染病，病得很重，躺在床上起不来了。小老鼠这下可高兴坏了，它终于扬眉吐气起来，不用再时时提着一颗心，提防着那只可恶的猫了。它打开了家里的窗户，舒舒服服躺在窗台上，对着月亮唱歌。它敞开肚皮吃吃喝喝，好不自在。

时光慢了下来，小老鼠就这么逍遥快活着。但没过多久，它便空虚起来，做什么也提不起劲来，什么月亮啊星星啊，再也撩不起它半点兴趣了，它寂寞了。这个时候，它格外怀念起猫来，怀念起以往那些追追杀杀的日子。那些日子里，它活得多么朝气蓬勃呀。它暗暗盼望着，猫的病快快好起来。

琪心，听到这里，你是不是笑了？你会笑那只小老鼠真是犯贱，好好的太平日子它不知珍惜，竟然怀念起死对头来，真是欠揍。好，你且笑一会儿，笑过后，是不是有所感悟呢？生活如若总是一潭死水，没有任何挑战，那样的活，不过是行尸走肉罢了。

现在，回到你的信上来。在信中，你告诉我，小学里，你一直是全校最受瞩目的学生。但自打进了中学后，你遇到了一个强有力的对手，他处处表现得都比你优秀。原本属于你的那些荣誉，一一被他收入囊中。偏偏他又在你面前趾高气扬，你憋屈极了，很恨他，但又奈何不了他，你对自己真是又灰心又失望。你向我讨要办法，问怎么去对付他。

呵呵，我笑了。请允许我笑一下。琪心，你用了一个词"对付"，我怎么看着像是要上演武侠剧呢？我也只能老老实实告诉你，梅子老师不会武功，帮不了你。

你的人生，才刚刚开始。你所走的路，所接触的人和事，还都很有限。仅仅在一个中学校园里，你遇到一个对手。若是全市的中学校园呢？全省的呢？全国的呢？全世界的呢？又有多少孩子，他们的能力和成绩都比你强。你是不是要把他们一个一个都"对付"了？等有一天，你走上社会，各路精英，层出不穷，你比不过他们去，到那时，你又该怎么办呢？前头的前头，总还有个前头。山峰的上头，还有天空呢。你总也高不过天空去。

所以，琪心，你紧着要做的第一桩事，就是要端正自己的心态。你很要强，本是好事儿，但要强不等于过分自私和自我。一花独放不是春，万紫千红才春满园的。

放下你的嫉恨吧琪心，你要感谢你的对手，把他当一面镜子，照见你的不足。把他当一种鞭策，让你时时不敢懈怠。把他当一个目标，让你在前进的路上，不会迷失方向。把他当一种活力，让你焕发出应有的激情。只有这样，你的人生，才能一步一步，走向生命的制高点。

梅子老师

爱的印记

梅子老师：

您好！

我呢，是在做试卷时，认识您的哦。非常不好意思地告诉您，以您的文章出的题我总被扣分，但我还是喜欢上了您的文章。在您的眼里，这个世界样样东西都很可爱。我要是能遇上您就好了。

从来没有人认为我可爱。小的时候，由于我的塌鼻子（遗传的我妈妈的），没少被人嘲笑过。遇到我的人，都爱揪着我的塌鼻子说事儿。后来干脆唤我"塌鼻儿"。我长大了，好不容易摆脱掉"塌鼻儿"的绰号，可最近又新得一绰号"痘痘女"。原因是我的脸上，长满了青春痘。

我想过很多法子，挤、掐、捏，也去看过医生，涂过很多药膏子，脸上的痘痘却顽强得跟英雄似的，弄掉一个，又冒出一个。我妈说，没法子，你爸当年就是满脸痘痘，不要紧的，等过了青春期就好了。

可我要紧啊，听到同学们一声一声唤我"痘痘女"，我心里是什么滋味？我真的有些讨厌我的爸爸和妈妈了，他们一个把满脸痘痘遗传给了我，一个把塌鼻子遗传给了我，把我整成这么个丑模样。每回照到镜子，我都很自卑，不知道怎么办才好。梅子老师您理解我的心情吗？

您的小读者：妙妙

我又闹牙疼了。

每隔一段日子，就要闹一回。在我还很年轻的时候，就犯着这种病。看过牙医，牙医检视一番我的牙齿后说，不容乐观，你牙齿的"土壤"太坏了。

我无比清楚这一点。我爸我妈的牙齿都不好，打我有了记忆起，他们就隔三岔五地捧着个脸，眉头痛苦地皱成一团儿，吃饭也张不了嘴，只能喝糊糊。他们把这一强大的基因，无有遗漏地遗传给了我。尽管，我采取各种方法来维护和修复，也不能够避免。

遗传，这强悍的植入，貌似霸道，却又带着无比的温情。因为，我们不管走到哪里，身上都烙着他们深刻的印记，知道自己是谁家的孩子，是从哪里来的，而不至于迷失。脸上的一颗痣，他们长在眉旁，你也长在眉旁。他们有颗虎牙，你也有颗一模一样的。他们臂弯处有块疤痕，你居然也有一块，位置不差分毫。你的眉毛像他们。你的嘴唇像他们。你走路的样子像他们。你喜甜食喜糯的东西，也随了他们。甚至于成年后，你的声音，跟他们也很类似了。总之，他们的气息，渗透进你的每一个毛孔里。

想起有一年，我姐要去大医院动个手术。我爸便写了张便纸，让我们去找他在大医院里工作的小学同学，他们也有很多年不曾见过面了。等我们辗转找到我爸的同学，尚未递出便纸呢，人家盯着我姐和我的脸，看了会儿，就笑了，说，我知道你们是谁的孩子了，你们俩的眼睛，长得跟他的一模一样。然后，他准确地叫出我爸的名字。

　　妙妙，你不觉得这很神奇吗？遗传这一强大的基因，让这个尘世生生不息，彼此交融，每一次相遇，都恰如重逢。

　　你说你遗传了你爸的痘痘，遗传了你妈的塌鼻子。你生着埋怨，怨他们把一个不完美的你，带到这个世上。你痛苦着那满脸的痘痘，和那个塌鼻子，你因此自卑。是的妙妙，这不是件令人太愉快的事，哪个女孩子不希望自己皮肤光滑貌美如花呢。只是妙妙，已然这样了，我们埋怨，会让脸上的痘痘少掉一颗吗？会让塌鼻子变得高耸起来吗？再多的埋怨，也改变不了一点点，反而会令父母生出愧疚，生出难过，那又何必？我们何不大大方方地接受，怎么了，我就痘痘了，我就塌鼻子了，那是上帝在我身上做的特殊记号呢。

　　再说了，过了青春期，痘痘会慢慢消失掉的。塌鼻子么，若换个角度看，也是一种美呢。你看啊，满大街都是那锥子脸高鼻梁，咱就来个塌鼻子，是不一样的可爱呢。你且顶着那个塌鼻子，高高兴兴的。想想，你和你妈都拥有一样的塌鼻子，多好玩！又是多么值得感激的事！就像我每次闹牙疼，我都要想一回我爸我妈，给他们拨一个电话回去。我妈都条件反射了，她会紧张地问，乖乖，你又牙疼了？我就乐得不行，我们多么心有灵犀。上帝用这种方法叫你惦记，不要遗忘。遗传，又何尝不是一种爱的延续？

　　妙妙，长相天定，素养内修。咱还可以通过内修，让自己闪光起来。比如，多读些书，热爱艺术和大自然。人不是因为美丽而可爱，而是因为可爱而美丽。愿你永远可可爱爱。

梅子老师

人心就是这个世界

梅子老师：

　　最近我又开始困惑，为什么我一再谦让，步步小心，还是有很多人处处针对我，排挤我。有些时候，我知道他们心里的想法，就好难过，我真不知我做错了什么。我很想问一句，到底什么才是人心？我知道，这很复杂，但我，依旧想知道答案……

小读者

宝贝，一个人如果遭到很多人的排挤，我以为情况不外乎以下几种：

一、他的性格有缺陷，行事乖张，让人难以理解和接受。

二、他过于懦弱，缺乏做人的底气。

三、他过于优秀，鹤立鸡群，木秀于林。

你属于第几种呢？看你"一再谦让，步步小心"，显然你不属于第一种。

那么，你是不是属于第二种？倘若是，那你可要警醒了。弱肉强食，这是丛林法则。一个人如果一味地懦弱下去，最终只能被人瞧不起。甚至，连他自己也瞧不起自己。

要改变目前这种局面，必须从改变你自身开始。你首先要自信起来。为什么不呢？你就是你，不比别人少鼻子少眼睛的，有什么可自卑的？遇事不要怕，要有直面的勇气，敢于担当，敢于表达。这样的你，身上会充满一种蓬勃的力量，再没人敢小瞧你了。

又或许，你是属于第三种。别人针对你，排挤你，不是你有什么错，而是因为你的优秀"刺伤"了他们，他们嫉妒了。

——若是这样的话，你就大可不必为此苦恼。更不必为了所谓的"合群"屈尊就卑，竭力去讨好。君子坦荡荡，小人长戚戚，你磊落光明，别人再排挤，你又有何惧？天长了，日久了，谁是光明的，谁是阴暗的，便都一目了然了。喜欢光明的人，自会聚到你身边，追逐阴暗的人，你就随他们去吧。

每个人都有自己的底线，当他人侵犯了你的底线，这个时候你就没必要谦让和小心了。最好的还击是，我就是高奏我的进行曲，我就是坚持做我自己，我就是越来越优秀，气死你！

盛开的花朵吸引蝴蝶和蜜蜂，也有蚊子和苍蝇来扰。这世上，有阳光，便有阴影，这才构成了一个完整的世界。所以宝贝，你不必介怀他人的阴暗，管好我们自己就好了，努力让我们自己不被阴暗所俘虏，不跟它同流合污，不成为它的追随者和帮凶。你若是明亮的，这世上便多一份明亮。

人心是什么呢？这个问题是没有标准答案的。你说它是海洋。对。你说它是天空。对。你说它是变幻莫测的云烟。也对。人心啊，它就是这个世界。世界有多大，人心就有多大。世界有多缤纷复杂，人心就有多缤纷复杂。不必去揣测他人的心，你揣测不了的。还是随缘吧，等我们遇到了同频率的心，自会撞出火花。

那个时候，我们告诉自己的，唯有两个字：珍惜。

梅子老师

给他，你的温度

梅子老师：

　　我们班上有个学生从小仇视老师，情绪特别容易激动，撕书咆哮，所以班主任对他不做要求。但是我感觉这样，他越容易变本加厉，上课没有安分过一分钟。这种学生还是要对他冷处理吗？

槿夕

　　亲爱的，这世上，没有无缘无故的爱。同样地，也没有无缘无故的恨。

　　你说的这个孩子，他打小就"仇视"老师，这令我十分惊讶。

　　打小？小到什么时候？是从幼儿园开始，还是从小学开始？

　　好吧，我们假定他是从小学开始，那个时候，他不过八九岁。一个八九岁的儿童，就对老师这个团体，从此仇恨上了，这该受过多大的刺激！

　　你说这孩子一见老师，"情绪特别容易激动，撕书咆哮"——这样的举动，不是从娘胎里带来的，它一定有着它的诱因啊。我这么推测着，也许在他小的时候，真的因某个老师的不当行为，受过刺激。而这种刺激，并没有引起他人重视，任由阴影在他小小的心中生根、成长，以致蔓延成一片。

一届一届的老师，都先入为主的，把他列进了"黑名单"，视他为另类。就像他现在的班主任，"对他不做要求"，——这是多么大的冷漠和伤害，这比打他骂他更可怕！我们设身处地地替这个孩子想想，假如你处在他的位置，一天一天的，就这么被一个群体漠视着，你会做出怎样的反应？这样的孤立，足以杀死一个孩子的天真和善良。

亲爱的，不要对他冷处理。你试着关心他，试着用你的温暖，去温暖他，试着找找他身上的闪光点。或许他唱歌不错呢？或许他画画不错呢？或许他爱好打球呢？或许他喜欢小动物呢？和他聊聊这一些吧，哪怕是聊聊他喜欢的动漫也好，聊聊他喜欢的歌星影星，这也会让你离他的心灵近一步。等你们很熟悉了，等他能够接受你了，你再跟他聊聊他的从前，说不定聊着聊着，就让他的心结解了呢。

也许你的靠近和努力，不能让他有多大改观，但你的温暖，一定会在他的心中，留下一抹柔软。让他对老师的"仇视"，会因此而减少一分。哪怕仅仅是减少一点儿，也是好的。

有的时候，老师的一个举动，一句话语，一个眼神，足以改变一个孩子的一生。

梅子老师

独处是享有内心的宁静

亲爱的梅子老师：

您好！

我是一名初中生，从小学就读您的书，感觉您的文字就像初日暖阳，好温暖。

也许每个少年的成长都要经历一个阶段，体验孤独，无处诉说自己的喜悦和烦恼。我也在这个阶段，只不过很奇怪，我很喜欢这种状态，自己一个人静坐，无人打扰，没有虚伪的赞美，不需僵硬的笑容，可以抛开所有包袱。渐渐地，我似乎与人群格格不入。女孩子在这个年纪，可能都聚在一起讨论喜欢的明星，开着玩笑，但我却喜欢捡一片落叶作为书签，在同学为自己班的球队加油时，静静地在一旁，捧着一本《文化苦旅》。我喜欢独处带给我的舒适平静。有时身处喧闹，我甚至感觉自己很多余，越是热闹，越是失落。

我有一个朋友，她很特立独行，有自己的个性，但老师经常找她谈话，就是因为她似乎有些不合群。我感到奇怪，难道世界上就不能有负面情绪，就不能有一点自己的想法吗？

梅子老师，您能告诉我吗，我该如何找到平衡？

天天

亲爱的天天，你好。

我们每个人来到这个世上，都是作为一个独立的个体而存在的，悲喜自知，冷暖自处，谁也替代不了谁。所以，以什么样的方式来生活，以什么样的心态来过日子，那完全是由我们自己说了算。他人喜欢热闹，那就让他热闹着去吧。你享受独处，那就独处着好了。到底是热闹着好，还是独处着好，这本身是没有可比性的。就拿太阳和星星作比较，你以为哪个更好呢？太阳有太阳的好，星星有星星的好，它们各有各的运行轨道。只要以自己最舒适的方式，跟这个世界和睦共处便好。

你的朋友特立独行，有自己的个性，这没错，世界本就是千差万别五光十色的。但倘若她过分地离群索居，对诸事漠不关心，周围再多的事物，也难以引起她情绪上的波动，那就很容易陷入到孤僻中去。一个孤僻的人，是少有温度和温暖的。老师找她谈话，也是出于老师的好意，是想给她一些暖意罢了。每个人都有自己的负面情绪，这样的情绪可以有，但不能成为主导。否则，会影响到正常的人生和生活。

宝贝，独处不代表隔绝烟尘，也不代表对万事万物都持冷漠态度。独处是享有内心的宁静。而能拥有这样的宁静，必须有旷达的情怀，和一颗热爱自然万物的心。对，一定要有热爱。比如你热爱读书；比如你热爱一片落叶。正因为有了这样的热爱，你虽孤独，但不寂寞。

美国有个女诗人叫艾米莉·狄金森，25岁之后，她基本上就谢绝了社交，独自在自家的庭院里生活，几十年的时间里，她写下近2000首诗作。但她性格并不孤僻，相反，很活泼很机敏。她独处时，喜欢养花种草，并为此做了各种植物标本，用来美化她的居室和她的书。她还特别爱厨艺，喜欢一个人做美食，并获过奖。她很享受她的独处时光，并把这样的时光，活成了诗和花。在她的晚年，她曾写下这样两行诗：

烟雾与光，人与虚幻，我与世界。

请记住，我曾经来过。

她把人生写成了传奇。尽管如此，她也并没有把自己隔绝在世界之外，她永远处在世界的怀抱中。

梅子老师

第 三 辑

恋的忧伤，爱的唯美

少年与少年相遇，
该如春天的草绿遇到花红吧。

沙漠里会开什么花

崇茂：

你好！

夜，很沉了。我在书房，给你写信。

我所在的小区，已少有灯光。偶尔传来虫子的鸣叫声，从楼下的草丛里，一声高，一声低。落笔之前，自己想着要笑。人生真是说不出的有趣，生命中原本毫不相干的两个人，却因文字相遇了。

是在去年，我就多次听胡荣说起你，说你远在青海那个风沙出没的地方。说你在冰冷寒寂的帐篷里，把蜡烛插在泡沫板上，在烛光底下写作。字写到一半，蜡烛油滴下，滴在纸上，好像开出的花。他每说一次，我的心就感动一回。我对胡荣说，我要认识这个人。这很好笑了是不是？我什么时候变得这样"追星"了？

终于"认识"了你。是你的一个电话先至，在我感动着你的同时，你亦早已知道了我。当你那裹着风沙的声音，越过千山万水，抵达我的耳边时，我竟不能相信是真的。你是那么远，又是那么近，一时竟是说不清的。

我看你写草原的文字。看你写为了打一个电话给朋友，在中秋之夜攀上山巅，寻找信号。看你的忧伤，看你的坚持……那个时候，我不止是感动了，竟混杂着疼痛。如果可以，我愿意把我的阳光，统统送给你。

有两句话我常对自己的学生说，一是：只要心中有阳光，再多的灰暗也会变得灿烂；一是：播下善良，就会收获一路的芳香。这个世界之所以叫人留恋，是因为还有阳光还有善的存在啊。就像你的存在。

善心如花。你的率真，你的纯良，你的坚守，在这个沙砾遍布的人世间，一如荒漠中的绿洲，抚慰着人的灵魂。如果说这个世界，真正有一种天长地久的东西存在，我以为，那就是善，它能使人世间的许多坚硬变得柔软。这么想来，你远在天边的受苦，便都有了意义。

我教室后面的墙上，挂着一幅中国地图。孩子们在做习题的间隙，我会有意无意地转到那里。我盯着上面那片浅蓝或褐黄的色彩，找寻着你在的地方，目光久久落在那个叫那棱格勒的地方。之前，那片土地与我毫无关联，我不知道它，就像它不知道我一样。而现在，它对于我来说，多么亲切！因为，你在那里啊，我的牵挂，便有了落脚的地方。我用手指丈量着我们之间的距离，浅浅一盈，咫尺而已，其实，却隔了千山万水的。我在地图前笑，想象着你在做什么，是在工地上忙碌，还是在帐篷里读书写字？是不是大白天里又飘起了雪花？茫茫一望，鸟也不见一只，除了呼啸的风，还是呼啸的风。

想到你将要在荒漠深处待那么久，有些心疼。如果可以，真的希望能把我的阳光洒到那个地方去。

风中，有隐约的花香从窗外飘进来，是白玉兰。那么大的一朵朵，白鸽似的息在枝上。你们那儿有玉兰花吗？沙漠里会开什么花？给我摘一朵吧。

梅子于东台

梅子：

你好！

没有和你说话，已有好多时日；不是没惦记，只是在心里说。

我正在柴达木盆地最西缘的那棱格勒沙漠，在一个叫作狼牙山的地方。不是五壮士的狼牙山，只因这里的山峰尖耸如狼牙，大伙儿都这样叫。向西是祁漫塔格山，山那边就是新疆；南边是昆仑山，翻越过去，就是著名的可可西里了。

昨天，去矿业公司租卫星电话。一分钟，十块钱。早忘了心疼。拨了许久，却无人接听。想象你可能正在写字，挂了，等于没打。

晚上，还是忍不住再次来到五公里以外的那家公司，租借了电话。由于四周皆被群山包围，信号极度微弱。我打开电话天线开始搜寻信号，就像一只孤独的藏羚羊，伸开犄角，倾听它迷失的家园的方向。

终于接通了！你的声音从很远很远的地方传来。由于信号太弱，我几乎只是听到自己在说话，还听到自己的心跳，而你的话模糊不清。它隔了无数的山，无数的水；不同的冷，不同的热。你好像问我什么时候能够回家？工程尚未结束，我也无法说清。对于命运，对于未知的一切，我是一个完全束手无策的人。不过，听到你的声音，寒风中的我，心里还是微微感到有些发烫。

平时有好几次，我的脸颊和耳朵陡地烫得厉害。我就想：一定是你和哪位朋友一起谈起我了。很小的时候，听大人们说过，当一个人耳朵发烫的时候，一定是有什么人在惦着或念叨着他了。我觉得，倘若这个世界还有什么朋友惦着我的话，你们几个一定是不可少的。朋友——多么美好的一个词！是寒中的暖，噪中的静，泣中的笑。

前一段日子，我们被冻得承受不了。因为从西宁出发时正值盛夏，所以未曾备足衣物，有好几位民工兄弟病倒了。等公司终于送来我们急需的棉衣棉被，天气却又一下子热了起来，再也不像前段时期那样雨雪交加了。老天爷似乎在拿我们寻开心——这几天中午，天竟热得让人喘不过气来。晃亮刺眼的阳光倾泻而下，像是从天幕上源源不断地悬垂下另一道无形的大漠。

因环境和气候的恶劣，我们的工程进展缓慢。我急得心里上火，嘴唇烧破许多时日。这几天，头晕沉得难以支撑，气也喘不上来。趴在帐篷里，四肢无力动弹，整个人像一架几近瘫痪的机器。失眠是常有的事。我的睡眠像一根冰冷的黑色链条，一旦断裂，往往就再也难以续接。只好枯躺着胡思乱想。

有时，我什么也不想，不去想山上的雪会化，不指望山上的花能开。我只想远方，想那生命中的几个朋友。等我哪一天回到西宁，离我想念的朋友又会近一些了。

你问我，沙漠里开什么花？告诉你，这里的沙漠中没有花。如果有，那也是一种叫作思念的花。

崇茂于那棱格勒沙漠

爱有永恒

梅子老师：

你好！

来信没有别的事，就是问你一个问题：你相信爱情吗？

我不相信爱情，我更不相信爱有永恒。我以为，那都是骗人的鬼话。世间男女，都以追逐利益为重，那么多女孩企盼嫁入豪门，不是冲着爱情，而是冲着金钱的。

期望得到你的解答。

你的读者：Y

Y，在给你写这封回信的时候，我想起了一部片子，片名叫《爱有来生》。

你看过吗？如果没有，我强烈推荐你看一下。银杏树下，阿明的一缕魂魄，守着与阿九的前世约定，错过了转世为人的大好机会。这一守，就是五十年，直到他与阿九再度重逢。其时，阿九早已转世投胎为人，有了自己的意中人，生活安定幸福。然而那个叫爱的东西，一直住在他们心里面。

这部片子我看了不下 10 遍，每回看，都忍不住落泪。我感动于那种刻骨之爱，阴阳相隔，她不记得他了，却很自然地说出他们约定的那句话，茶凉了，我给你再续上吧。我信，每个今生的爱人，都是来续他前世的缘的。

Y，你却斩钉截铁地告诉我，你不相信爱情，你更不相信爱有永恒。

我几乎看到你的咬牙切齿。就像两个小孩子吵架，彼此互相发着狠，从此，我再不要跟你好了，再不要理你了，谁跟你好谁就是小狗变的！然而，只一个转身，他们便又玩到一起，全然忘了发下的誓言。

Y，我信，你也是如此。你不是不相信爱情，只是尚未遇到更好的爱情。也许你在爱里面受过一点儿伤，留下了一些小疤痕，可不能因此而否定爱的美好。谁的情路会是一帆风顺的呢？总要经历一些磨难，方能修得功德圆满。就像初次尝试下水的人，难免会呛上几口水，他若从此怕了水，怕是一辈子也很难学会游泳。

我不否认，现实里，的确有冲着权势钱财而来的，把爱践踏了；的确有遇人不淑，把爱辜负了，但那不是爱的错，又怎么能把一腔的怨气，都洒在爱的身上？就像你吃饭被饭噎着了，你不能因此就怪饭的不好。你走路被石头绊着了，你也不能抱怨是因路的不平。你该记取教训，下次再吃饭时，做到慢一点儿，细嚼慢咽。把吃饭当作享受，不但有利于消化，还能慢慢品尝出饭的好滋味。走路时，你也不要急着走，尽量放慢脚步，眼睛时不时地看看脚下，顺带欣赏一下沿途的风景。那么，走路也会成为愉悦的事。

换到爱情上来讲，也是一样。被爱伤过，就像不小心被蜂螫着了，眼下虽肿疼着，过些日子也就消肿了。有必要念念于那只伤你的蜂吗？你要做的仅仅是，学会辨别而已。在真爱到来之前，不要再轻易地急着去爱。

Y，我想跟你讲一个发生在我身边的真实故事：

年轻的女孩患上脑瘤，恶性，最严重的那一种。医生宣判她将不久于人世。女孩躺在医院里，疼痛难眠，她急于找人倾诉，遂拿起手机，在微信的功能"摇一摇"里，摇了那么一摇，"摇"到了一个男孩。男孩长相帅气，是女孩喜欢的类型，女孩和他聊起来。

一天，两天，三天……他们由陌生，到熟识。男孩跑来医院探望女孩，被女孩直面死亡的乐观深深打动了，他爱上女孩。在他们相处一个月后，男孩拿着电喇叭，跑到医院楼下，当着来来往往行人的面，向女孩求婚。

他们的爱情，受到来自男孩父母的阻挠，但最终，男孩还是克服重重困难，和女孩去民政局登记结婚了。女孩度过了医生宣判的"死亡期"，在男孩悉心陪伴下，多活了整整三年。三年后，在女孩又一次走进手术室前，女孩偷偷做了一桩事，为男孩公开征集女朋友。女孩清醒地知道，她的这次手术，风险系数相当高，成功率只有百分之二十，她怕她在手术台上下不来了，留下男孩一个人孤单。这个时候的男孩，正在四处卖他的房子。因女孩的手术费高达 20 万，男孩就算倾家荡产，也要为心爱的女孩赢得一线希望。

Y，这就是爱情。你若问男孩，爱她什么？他会答，爱她全部。你若问女孩，爱他什么？她亦会答，所有的所有的。对于他们来说，一夕相守，便成永恒。

梅子老师

早恋是青荷上的露

梅子老师：

您好！

我是您的小读者，我们好多同学都喜欢您写的书，您的文字太温柔了，我爱您。

我有个问题想请教您，您是如何看待早恋的？别误会，我没有早恋。

自从我上了初中后，我妈就变得神经高度紧张，防贼一样防着我早恋。她偷偷翻我的书包，翻看我的日记。我跟同学通个电话，她也要竖着耳朵在一旁偷听。有一次，她还化装成我的同学，加了我的QQ，进了我的QQ空间查看。我周末约了同学出去玩，一回头看见我妈，她讪讪笑说是碰巧。我心里明白，她一直在跟踪我。梅子老师您说说，这都什么跟什么啊，她把自己整得跟个间谍似的，真叫我受不了。我好想遂了她的愿，去早恋一把。

梅子老师，我该怎么办？

二房东家的甜甜圈

二房东家的甜甜圈，——嗬，你这昵称真够有意思的。想来是个爱吃甜甜圈的小姑娘吧？爱吃甜食的女孩子，大多都心地善良，率真可爱。

你问我如何看待早恋。你说你妈整天跟防贼一样防着你早恋，她偷偷翻看你的日记，偷听你跟同学通电话，偷翻你的 QQ 空间，还偷偷跟踪你，把自己整得像个间谍，真叫你受不了，弄得你倒真的想尝试一下早恋了。

啊，别，千万别。甜甜圈，你这样的"尝试"，是带着报复性的，有着怨气和恨意，一点儿也不美好。早恋是青荷上的露呢，那是万籁俱静后，它在不知不觉中降落下的，晶莹纯美，容不得半点儿亵渎和不敬。

我也曾路过你的年纪，衣衫上浸染过青春之花的甜香。那时，我们班有个吴姓女生，喜欢上一个杨姓男生。喜欢上的原因很简单，那杨姓男生有着一头浓密的天然的卷发，吴姓女生说，他像她一个童年的小伙伴。吴姓女生跟我关系最要好，他们之间的交往，从来不避开我，我还替他们偷偷传递过纸条呢。纸条上说的无非是些孩子气的话，比如，你看某老师今天那头发梳的，还三七开呢。你看某同学，今天还打了领带呀。你今天早上明明看见我了，怎么假装不理呀。我不喜欢听英语老头子的课，看见他，真烦。如此等等。他们偶尔也闹点小别扭，杨姓同学就去买了糖果，找我给吴姓同学送去。他们很快会和好，然后叫上我，一起去郊外逛逛，看看田野，看看庄稼，然后心满意足地回转。他们做得最多的是，你帮我抄笔记，我帮你补讲义。你英语不好，我帮你补。我数学不行，你给我讲题。他们成绩上升得令老师们惊奇。他们相约着，一定要一同考上某所大学。最后，果真如愿。经年之后，他们并没有走到一起。但我相信，那段青春的美好，将永存在他们的记忆之中。

甜甜圈，哪个少女不怀春，哪个少男不钟情？少年之间的恋情，纯洁得如同一阵微风吹过花蕊。你妈的紧张，那是源于她爱你，怕你受到伤害。你不要因此存了怨气，生出逆反的心，啊，你不让我干的，我偏要干！傻孩子，你若真那样做，让你妈后悔和伤心了，你就变得开心了吗？——当然不会。那你又何苦要对着干呢？说不定因你的负气，做出令你一生后悔的事，到时候，你再想回头，已不能够了。到那时，该怎么办呢？

好孩子，听梅子老师的话，不要意气用事。好好跟你妈谈一谈，告诉她你目前尚未早恋呢，告诉她你的感受。请她相信你，尊重你的私密空间。

倘使有一天，早恋也如一颗青荷上的露，悄悄降临到你的世界里。那我要恭喜你啊甜甜圈，你长大了呢。你莫要慌张，亦不要害怕，一切顺其自然吧，真心相待。切记，爱是一件有尊严的事，不要做伤害自己，伤害他人的事。又，美好的爱，是带着光亮的，应激励着双方积极向上，向着更好的方向发展，而不是堕落下去，沦为庸常。

梅子老师

爱是开在枝头的花朵

梅子老师：

您好！

我想告诉您一件事，我恋爱了。

唉，其实也不能算是恋爱，只能算是我的暗恋吧。

他是我的同班同学，从初中，到高中，我们都是同学。我喜欢他很久很久了。他呢，跟学校里其他肤浅的男孩子不一样。我至今记得春末的一个黄昏，那是初三最后一学期的黄昏，我从作业堆里偶一抬头，瞥见了我的左边，隔着一张学桌的距离，正在做题的他的侧脸。天呢，他的侧脸实在太好看太冷峻了，线条明朗，那一瞬间，我听到自己的心，咚地跳了一下，我喜欢上了他。

然后呢，一个暑假过去，我惊喜地发现，他和我，考上了同一所高中，又分到了同一个班级。梅子老师，您说这是不是冥冥中的缘分？我在课后上演了无数偶遇的戏码，不断与他相见着，希望他能注意到我。我知道他喜欢打篮球，每天下午他都会去操场上打，我就决心买一个顶好顶好的篮球送给他。跑去商场一看，商场里顶好顶好的篮球，要一千多块钱呢，我的零用钱没这么多，积攒了好些日子，还是差一些，我就瞒着我爸我妈，去一家蛋糕店打了一个星期的短工，终于给他买了一只顶好顶好的篮球。他感冒了，坐在教室里不停咳嗽，我一上午都心神不宁的，恨不得替他咳嗽。好不容易等到下课，午饭都没来得及吃，就跑去药店给他买感冒药，偷偷放他桌肚子里。

　　放学了，我悄悄跟在他身后，在他家门口，装作偶然相遇的样子。只为听他奇怪地问一句，你怎么也在这里？下雨天，我把手里的伞塞给他，自己淋了一身的雨，也感到快乐。

　　然而，他对我做的一切，要么视而不见，要么不领情。每每看见我，他都会蹙起眉头，一副拒我千里之外的冷漠模样。我给他买的篮球，他拒绝接受。我给他买的感冒药，他扔进了垃圾桶。我把伞让给他，后来才知道，他把它给了另一个男生。

　　我很难过。我知道我不美，我知道我有些胖，但我已经在努力减肥了。原来我是个贪嘴的女生，看见好吃的就挪不开眼睛，现在，晚饭我都忍着不吃了。因为他文科好，为了他，我也选了文科，还天天背诵两首古诗词，希望自己配得上他，希望有一天，他会发现我的好。

　　梅子老师，我不知道那一天会不会来到。有时想想自己，爱得好可怜啊，真的有些沮丧呢。今天写信给您，也没什么，就是想有个人听我诉说。谢谢您梅子老师，听我说了这么多。祝您开心快乐！

彼岸花开

宝贝，你好。

看完你长长的信，我轻轻叹了一声，多纯美的情感啊！你让我想起日本电影《情书》里的场面了：隔着薄薄的纱帘，男孩偷看着心爱的女孩，他是多么喜欢她啊，深深地。她却不知道。一直到多年之后，当年这场暗恋的真相，才一点一点被揭开。满天洁白的雪花，把曾经的青春，封存在美好里，成了永恒。对于曾经的当事人，不管逝去的，还是活着的，有过那么一段美好，这人生，也便值了。

所以我要祝福你宝贝，你拥有的这段暗恋，是你人生中最纯美的一笔，是皎若月光的，是净若晨露的。

只是，你该对它说再见了。从他拒收你的篮球起，从他扔了你辛苦买来的感冒药起，从他把你给他的伞给了另外的男生起，从他对你皱起眉头，一脸的不耐烦起，你应该清楚地知道，他全身上下都写着大大的五个字：我不喜欢你！非但不喜欢，还看轻了你，鄙视着你。对这样一个他，你还要自轻自贱到何时呢？再说，你又对他了解多少呢，除了"侧脸好看，线条明朗"？你爱的，只是你用你的想象打造出来的一个他，身上无一处不迷人。等真的靠近了，未必不是肤浅的一个呢，到时你该多失望。

宝贝，爱，绝不是低三下四，不是卑微，不是丧失掉自我，不是黯淡无光，它是高尚的，是开在枝头的花朵，鲜艳又明媚。

高中的学习，将会越来越紧张，你也要应对高考的。切不可为了虚妄中的"恋人"，再贸然减什么肥了，把自己的身体搞垮了，于你一点好处也没有。再说了，胖一点有什么要紧？青春的女孩子，有点肉肉，才更饱满好看。

你每天背两首诗词，是要得的，不为任何人而背，只为你自己。腹有诗书气自华，这是真理呢。我很希望你能把这个习惯坚持下去，一个睿智的有才华的姑娘，是从内到外散发出光彩的。这样的姑娘，走到哪里，都是一道亮丽的风景线。

宝贝，当有一天，你走过这段青春，再回头，你会感谢今天的你。因为，它教会了你成长。

梅子老师

谈一场光明正大的爱情

一个深夜，我已躺下入睡，突然被一阵手机铃声惊醒。接听，是武汉的一个女孩打来的。其时，她那儿下着雨，她一个人在江边徘徊……

——题记

好姑娘，你好。

寂静的夜里，你站在雨的江边，给我打来电话，你说是我忠实的读者，想对我倾诉你的故事。

故事俗套得从一开始，就望得见结局，你爱上了一个有妇之夫。单纯得跟一只小绵羊似的，一头坠进他绿色的陷阱里。

他是一家报社的编辑，你是一个文学爱好者，因为稿件的往来而相识。这样的相识，多与烟火隔绝，浪漫唯美。你很留恋地跟我回顾你们相识的点点滴滴，一路花开，一路月圆。

你再三说，你不是一个坏女孩，你根本无意于破坏别人的家庭。最初的最初，你没想过要去爱他。是他，口口声声说与妻子再无感情，说要离婚，说你才是他的最爱。你信了。他开始频频出现在你的生活圈子里，做出追求的姿势，和你出双入对。你的朋友，起初并不看好他。你是那么心高气傲的一个女孩，身边追你的男孩多得排着队，随便挑一个出来，也比他长得好看。然他，有的是一往情深，对你关怀得无微不至。朋友们反过来说你有福气，遇到这样一个好男人。

他的婚却一直未离，你不止一次在街上，遇见他和他的妻。他们并不像他所说的那样，生分疏离，而是有说有笑，琴瑟相和的样子。你的心上，像被生生插了一把刀。这个时候，你发现你怀孕了，他却避而不见。好不容易逮着他了，他轻飘飘一句，我现在对你，一点感觉也没有了，我不爱你了。

曾经的所有，在这一句里，是烟飘过云散去。你痛不欲生，爱与不爱，都如潮水，来得急，退得也急，这算怎么回事呢？你不住地反问自己，是不是我哪个地方做得不好，让他不爱了？

你问我，我该怎么办？曾经那么多的好啊，怎么说没就没了呢？

我默默听你说完，心里替你痛得慌。好姑娘，你该有多傻啊，从一开始，你就不应该抱有幻想。情感的事，是一对一的，没道理占着窝里的，还看着窝外的。我"残忍"地对你说，你那不是爱情，是游戏，你别再作贱你自己了，忘了你与他发生的所有，彻底地、干净地忘掉，重新来过。纵使他现在肯回头了，你也不要回头，因为，他根本不配拥有你的爱。

这种爱，一般都难成善果。痴情女孩，碰上已婚男人，除非她是修炼千年的狐仙化身，否则，真的不是他的对手。他对付女人的那一套，早已驾轻就熟，什么时候表情，什么时候表意，拿捏得十分准。你有几颗心经得起这样的"好"？更何况他还会装出一副婚姻不幸的模样，沧桑得让人忍不住想揽了他的头入怀。你于是爱心泛滥，不管不顾爱了，把他当作真命天子，把自己当作拯救爱情的天使。怀了这样的使命，飞蛾扑火一般，向着所谓的爱情飞扑而去，焉有不被灼伤的道理？

我不是不相信已婚男人的爱。那或许也是真的，他爱你，一时的意乱情迷总是有的。只是那些爱，都是纸糊的花朵，看着漂亮鲜艳，却经不起岁月的任何汰洗。他若真的爱你，为什么不先离婚了再来谈？凭什么他可以坐守围城，再伸出一只手来，招揽城外的春光？爱情是坦诚的，是堂堂正正的，而不是花非花雾非雾。

忘掉他吧好姑娘，不要再陷于以往的伤痛中。大错已经铸成，你无论怎样懊恼、悔恨和不甘，都无济于事，只会使你痛上加痛。你又何苦执迷？给时间一点耐心，再多的伤痛，终会渐渐愈合。收拾好自己，重新上路吧，擦亮眼睛，相遇良人，光明正大地爱上一场。

梅子老师

恋的忧伤，爱的唯美

梅子姐姐，我想问你一个问题，我和一个男生互相动心了。但我认真得比他快，我担心我的太主动会让他不珍惜我，但我忍不住，我要怎么办才能留住他对我的好感？

我知道这种问题问别人也没用。可我自己不知道怎么办，心里想他也尽量忍着不打扰他。我很担心我的好吓走了一个对我有意思的人。我们是偶然认识的，时间不久，了解不深入。我的朋友都劝我一定要矜持，不要太快沦陷，慢慢了解。但我就是忍不住主动联系他。因为我们不在一个地方。

这种感觉好难受，像是一脚沦陷在井里，我却用双臂撑在井口，不敢让自己掉下去，可心里又忍不住往下看。为什么会这样呢？

弯弯的月牙儿

月牙儿，我感动了，为你。为这恋的忧伤，爱的唯美，它有着露珠一般的清纯，月光一般的朦胧，花开一般的疼痛。

你让我想到遥远的诗经年代。那个年代，天高地阔，遍布清纯。青年男女，一旦涉足爱河，无不把它郑重视为生命，忐忑、辗转、小心翼翼，想靠近，又害怕。如一头初入尘世的小兽，懵懂着，忧伤地甜蜜。如《褰裳》中的这个姑娘：

> 子惠思我，褰裳涉溱。子不我思，岂无他人？狂童之狂也且！

> 子惠思我，褰裳涉洧。子不我思，岂无他士？狂童之狂也且！

这个姑娘，爱了。她爱的那个男孩子，一朝没来看她，她就心生焦虑，伫立久等，猜疑、难受、百结愁肠。内心一把爱的火，烧啊烧啊，枉自把自己灼伤。她是那般怯弱，想哭泣。她想，是不是他不爱我了？是不是他嫌我烦了？是不是我哪里做得不够好？是不是因我不够矜持太过投入？千万个问，却得不出一个确定的答案，啊，他到底爱我几分？如你，"像是一脚沦陷在井里，却用双臂撑在井口，不敢让自己掉下去，可心里又忍不住往下看"。瞧，月牙儿，你们的爱情姿态，多么一致！

这个姑娘表面上却佯装满不在乎，她故作强硬，卡着小腰发着狠：啊，你如果真的想我，一条河流的阻隔算什么，你就不会提着衣裳蹚过水来看我呀。你不爱我，难道就没有他人爱我吗？你这个狂妄的坏小子啊！呵呵，人家心里其实纠结难受着呢。倘他突然出现在跟前，只一个微笑，她也许就彻底沦陷，忘了刚刚发的狠了。

月牙儿，现在，你还要问为什么会这样吗？那是因为，你太在意啊，你害怕失去，你的世界里，已然全是他了。既如此，那就继续爱着吧，以你的节奏，以你最自然的方式，不用试探，不用猜度，真情自有真情回应。如果没有回应，那说明，他并不值得你如此深爱。

我想以过来人的经验，给你几点忠告：

一、爱要有尊严。践踏自己尊严的爱，是结不出好的果实来的。你可以为他低到尘埃，但不可以湮没于尘埃，丧失了自我，而是要在尘埃里开出花来。

二、爱要留有余地。爱得密不透风，你自己难受，也会让对方呼吸困难。这样的爱，会缺氧的。给对方留一些时间和空间，也给你自己留一些时间和空间。爱不是生活的全部，除了爱，我们还有很多的事要做的。

三、爱要找到平衡。爱情是双方的，否则那不叫爱情，那叫一厢情愿。一个劲儿对他好，换来的，也许不是圆满，而是鄙视和厌烦。什么事都讲究一个度，过犹不及。"恋爱脑"要不得，智商正常，生活才能正常。

月牙儿，情如人饮水，适量最好，否则，就伤身了。在爱的同时，你不要忘了，生活中，还有别的追求。读书也好，旅游也好，养花种草也好，总之，不要丢弃这一些。一个充满活力的女孩子，会为她的爱情锦上添花的。

梅子老师

幸福在那一点一滴的经营中

梅子老师:

你好!

不知道当你看到这篇留言的时候,我是怎样选择的,高二的时候因为《等待绽放》认识的你,如今也已为人母。

我的宝宝四个月了,她很乖,乖到让我心疼。这两天因为要上班,我把奶给她断了,她都没有哭闹。但我其实好难过啊,曾经梦想参与她成长的每天,记录她不经意间的每一个小动作,但生活却把我想要的选项去掉了,我上班了。母乳使劲涨了两三天,每天不得不挤掉,以缓解疼痛,这时候我会好难过,总想着这是我宝最好的口粮。今天母乳不会涨了,已经开始回了,我也好难过,感觉是我让我宝的口粮没有了,工作空闲总忍不住掉眼泪。

我和宝宝爸最近一直处于闹矛盾的状态。他说,这生活过得他从未感到幸福。我想了好几天,我不知道幸福该怎样定义,不知道我是舍不得我的小家庭,还是舍不得我的婚姻。在知道我们情况的人都劝我不要再联系他的时候,我还在一次次都想着,会不会慢慢就好了,假如我们坚持下去,会不会就幸福一辈子了?是不是真的只有不联系,我才能在慢慢遗忘中开始幸福。

好累啊……

丛丛

亲爱的丛丛，看了你的信后，我一直在想着，怎么回复你。

天气已秋。从午后，至黄昏，至夜晚，我们这里落着一场连绵的雨。看着雨，我对那人说，我们散步去吧。他没有丝毫的犹豫，答应，好。遂撑伞与我同行。

我们一路走过去。我在一棵紫薇花前，停一停。我在一丛美人蕉前，停一停。遇见木芙蓉和木槿了，我也要停一停。我喜欢花，每天看看它们，觉得满足。那人对花远没有我那么热衷，他不识它们，但他会很耐心地站一边等我。婚姻多年，我们很少说爱了，但是，彼此却懂得，我的习惯，他的喜好，虽有时相差千里，却不犯冲，而是自然而然地接纳和融入，成为熟稔的日常。这，是不是幸福呢？至少，对我来说，是。我看着天，天是好的。看着地，地是好的。看着雨，雨也是好的。看着他，他当然也是好的。

婚姻的最初，却不是这样的，我也经历过无数的挣扎和迷茫呢。那时，我曾一度怀疑我是不是错上了贼船。婚姻里的琐碎事一桩接一桩，从前的好时光似乎不再了，我手忙脚乱地应对着。特别是有了孩子后，简直像是给自己套上枷锁了，走也走不远，飞也飞不高。而那人，却做着甩手掌柜，潇洒出门去，天地广阔任他游。我对他强烈不满着，觉得他就是个骗子，婚前那么多的甜言蜜语，婚后却一句也不肯说了。婚前那么体贴入微宠爱有加，婚后却变得粗枝大叶潦草不堪。我越想心里越失衡，越想越觉得日子失去趣味了，幸福离得遥遥的，所谓的琴瑟相合只是个骗人的童话。

然等我冷静下来，把一团乱麻的日子，慢慢理清楚了，才发现，我没有变，他也没有变，只是我们的角色变了。而我们，都没有做好角色转换的准备。

认清了这一点，肩上就有了责任和义务，不是对一个人的，而是对一个家的。日子不再是谈谈天说说地你情我爱一味浪漫，而是很现实的种种——烟火凡尘，生儿育女，赡养老人，一日三餐。

找到了问题症结，解决起来也就很容易了。跟他坐下来，好好规划一下日子吧。钱不多是吗？没事，咱有双手，努力去挣，够吃够穿够住就好，额外能存点钱，会让我乐上天。我也会利用这点钱，拖家带口去看场电影，去小旅游一回，去餐厅点上几份好吃的，换来的是好心情。

家务事繁杂是吗？没事，能做多少就做多少，拣最要紧的做。屋子乱就让它乱着吧，地板脏就脏着吧，晚两天拖也没关系，一家人一起去听听鸟叫看看花开，远比拖地板重要。

做家务活儿很累是吗？没事，我完全可以让它成为享受。我一边听音乐一边做饭。一边听朗诵一边拖地。一边哼唱一边晾衣。倘若日子里没有花，我可以自己变成一朵花——这点很重要。女人千万不能在婚姻中迷失掉自己，爱家人的同时，更要爱自己。而爱自己的前提是，你必须独立，有自己的喜好，无论在什么境况下，都不要中断了学习和接受新的信息，时时保持美好。一个被美好武装起来的女人，即便是山崩了地塌了也不惧怕，她也还可以在那山崩地塌里，找到花开的影子。

他懒得再说爱了。没关系，就让我跟他说。石头也还会被焐热呢，何况一个大活人？何况曾经相爱的两个人？他不送我礼物，没关系，我送他也一样。

送着送着，他就不好意思了，投桃要报李的嘛。

我允许他的原形毕露，比方说，把脏袜子随便乱丢。比方说，一遇酒就如同遇到情人。"我们在一起，是因为别人看不到真实的我，而你却可以"，他能在我面前裸露他的真实，我同样也能在他面前裸露我的真实。这说明，我们不是外人，而是家里人，是最亲近的两个。懂得，是婚姻的黏合剂。慢慢地，我们成了两个气息相投的人。

丛丛，好的婚姻是经营出来的，幸福也就在那一点一滴的经营中，变得绵长。

现在，好姑娘，我来帮你理理你的一团乱麻。

之一，你难过于不得不上班，给幼小的宝宝断奶了。

这的确是件让人揪心的事，没奈何哎。既然没奈何，你一直一直地难过，也不能改变什么呀，反倒让自己堵心。我们换种思维来想好不，你上班，是为了给宝宝挣更多的口粮，给宝宝挣更多的好东西，你是多么了不起的一个妈妈。这么一想，是不是开心起来了？

之二，你和宝宝爸闹着矛盾，日子过得一地鸡毛。

我想问，你们之间的矛盾超过你的底线了吗？倘若不是，那就没有解决不了的。不要过分地去掰谁对谁错，对了又如何，错了又如何？不过是你们两个人过日子，不存在谁得益多了谁得益少了。不要拿自己的想法，去让对方绝对服从。也不要让对方就像你肚子里的蛔虫，全部知晓你心中的所思所想。

这是不可能的，也是不可取的。你有什么想法，有什么要求，就直白地表达出来。婚姻中的两个人不是用来伤害的，而是用来爱的。求同存异吧，你有你的喜欢，他有他的爱好，适当给对方空间，这样相处起来彼此都舒服。最好的爱，不是密不透风的，而是放在适度的距离之外的。

想想，小小一室之中，那一桌一椅，那一窗一几，那天使一般的你们的孩子，那曾牵着你的手步入婚姻里的那个人……都是你无法割舍的。这就是家啊，外边的天空再大再广阔，然当你走进你的小区，仰头看到家的窗口，那一盏温暖的灯光，是不是有欲流泪的冲动？是的，那是你的家，只属于你的家，你怎能轻易舍弃？

好好爱着吧好姑娘，不到万不得已，都不要轻言放弃。也不要听信其他人的鬼话，动不动就来个不联系冷处理。问题摆在那儿，拖得越久，心中越是郁结，何不敞敞亮亮爽爽利利地直接面对？别再浪费人间宝贵的时间了，早点和好如初，多享受一些婚姻的美好，岂不更好？

祝你幸福。

梅子老师

他会沿着一束光亮找到你

亲爱的梅子老师：

　　您好！

　　最近刚读完您写的书《风会记得一朵花的香》，里面的文字实在是太美了，不论是写花写人写器具，还是写音乐，您唯美细腻的文笔，总是让人感同身受，内心涌起无数感慨。

　　我相信您对婚姻和爱情也应该有独到的见解。我眼见着自己年岁逼近三十，却从未谈过恋爱。我无数次祈求上天，帮助我早日遇见那个他，多少次在尘世中寻寻觅觅，却始终遇不到合适的人。除了内心的焦虑不安，更是对父母殷切期盼的深深自责，我真害怕，害怕自己就这样孤独一辈子，寻找一辈子。

　　您在《乱红》中有这样一段话："三十还未出嫁的女友说，她所希望的人生最完美的结局，是在一个爱她的人怀抱中老去。原来，世间女子，怕的不是凋零，而是被忽略，被辜负。所要的，不过是一段俗世姻缘，有时却难得如愿。于是寻常的拥有，便成珍贵。"这段话深深地触动了我，也让我多了很多忧愁，感觉人生没有意义了，如果我一直找不到那个对的人，该如何快乐地生活下去？

　　期盼您的回信。

天天

亲爱的天天，谢谢你对我文字的溢美，谢谢你对我的信任。

我给你讲个真实的故事吧：

我曾有一小友，跟你现在的状况极其相似，她久久苦寻，也找不到生命中的中意之人。眼看着奔三了，父母天天逼婚，弄得她与父母关系紧张。她30岁生日那天，一早起来，迎接她的不是长寿面和祝福，而是父亲的数落，母亲的眼泪。她逃了出去，在外面游荡一天，独自一人把个生日囫囵过了。事后她跟我苦笑，哎呀，我恨不得站大街上去抢个男人回家。

她恋爱的标准一降再降，但，就是成不了。其中曾谈了一个无父无母无甚根基的外地人，她的父母为了促成这桩姻缘，愿意拿出全部家底，给他们置办一个新家，但最后还是未得圆满——外地人甩了她。

我的小友自然有些难过，但并不十分气馁。她说，命中该是我的肯定走不掉，命中不该是我的争也争不来。那之后，她依然打扮得光鲜亮丽，兴冲冲奔走在相亲的路上，哪里有人介绍对象，她就奔向哪里去。

31岁上，她与一军官相亲，那军官长得人高马大的，威武英俊，她本以为没戏。谁知那军官竟中意了她，觉得她样样都好。小友与他开始交往，感情不断升温，最后的结局，当然是收获圆满。小友在婚后立马办了调迁手续，从我们的小城，欢欢喜喜跟着她的军官到杭州工作去了。现在，他们的女儿已念小学。

天天，世间的爱情和婚姻，讲究的是缘分，缘分到了，挡也挡不住呢。你还正当好年华，是一朵花正明媚地开着呢，你要做的不是去愁它哪天凋谢，而是怎么使它开得更好更长久。没遇到中意的人，那说明咱的缘分还没到，那就继续找呗。人生的幸福和圆满，很多时候，是在寻找中获得的。

不要去设想"如果……"，你只要真实地拥抱好你的今天，不管遇到多少的失意，你都要坚信，不如意只是暂时的。不对自己失望，不对人生失望，让自己时时活得有光彩。这样的光彩，说不定哪天，就会照亮一个人的眼睛，他会沿着这束光亮找到你。

祝福你天天，深深地！

梅子老师

迷人的小心事

梅子姐姐：

您好啊！

我是一名初二的学生，最近不知不觉中多了许多心事。您可能会想，你一个女孩子，而且还那么小，能有什么事。但是……

我最近可能喜欢上了一个男孩子，但是我知道我不能告诉他，因为告诉他了，对我们两个都没有好处。如果我们两个学习都很差，在班级倒数的话，我可以毫不犹豫地告诉他，但是不可以啊。说实话，我们两个的成绩都是在全班前十的，虽然他比我稍微差那么一点点，但也是个学霸。我们虽然在一个班里，但平时的交流不是很多，我是从什么时候开始喜欢他的，我也不知道。就是觉得他的一切都是好的。

但是，我害怕他会影响我上课时的状态，所以上课时，我集中精力，忍着不去看他，他最终也没有影响我上课。但是，我总是在午休、晚休或晚自习时，不经意地想起他。我想，忍一下吧，或许过一段时间就不会那么喜欢他了。一年过去了，我还是有点喜欢他，我多想告诉他啊，但是不行啊。可是，我也不想这么憋屈着自己，憋得难受，但不能说……

所以……梅子姐姐，您可以给我一些建议吗？

小读者

小宝贝，你好啊。

这么叫你时，我的心，软化成一摊水了。

我想起杜牧的诗来："娉娉袅袅十三余，豆蔻梢头二月初。"你现在，正是那梢头的豆蔻呢。多好的年纪！

你有了你的小心事，这是多么迷人的小心事呀。我又想到曾看过的日本电影《情书》，里面少年的小心事，隔着窗帘，隔着风，隔着雪，隔着陈年的纸页，最后，成了岁月馈赠的琥珀，纵是天人永隔，亦不能掩盖了那份纯洁和美好。

我在想，倘若当年他们说破了那些小心事，结果会怎么样呢？这个，还真没办法设想。但有一点是可以肯定的，稚嫩的果实，没有一个不是酸涩的。当距离外的神秘消失了，纯美的事物变得庸常，它带来的也许不是美好，而是伤害。

所以，我只想告诉你，小宝贝，这样的小心事还请你收收好，继续藏在心底，就让它一直是你的小秘密。因为呀，你现在的喜欢未必都是算数的。你的路还长着，天地还大着，当有一天你走到更广阔的天地中去了，会遇见更多更美的风景。

还因为，你现在还是花苞苞一个，尚未到怒放的时候。你喜欢的那个男生，他也是个花苞苞呢，就让两个花苞苞彼此"遥遥"地欣赏深深地祝福好了。想他一次，你就读两页书，为的是使自己变得更好，好在将来遇见更好的"他"。将来，你们也许会碰到一起，彼此的眼里，都有曾经的星星跳跃，觉得既熟悉又亲切，你们就会很自然地一起走下去，那是再好也没有了。也许不会再相遇，你们成了两条平行线，渐行渐远，你有了你的繁花盛地，你在回忆起他的时候，一团模糊——这些，都是将来的事了，咱还是把它交给将来吧。

宝贝，植物们到长叶的时候，它们自会长叶。到开花的时候，它们自会开花。我们人也一样呢。愿你的少年时光，纯美如花。愿你永远沐着阳光，没有伤害。

梅子老师

你且静静欣赏着

丁立梅老师：

您好！

我是一名中学生，从小学就读您的书，您的文字治愈了我晦暗的心。

少年成长的路上，总会有些看似很难越过的坎吧。近日，我发现，我竟对班上的一位女生产生好感。她很优秀，文笔很好，画画也好，弹琴也是一流，浑身散发的气质，深邃而又静美。我不知道该怎么办，是保守这份秘密，还是怎样？

梅子老师，若您能给我答案，真的万分感谢。

态态

你好，少年。

我在想，你是怎样的一个少年呢？你从小就读我的书，说明你是爱读书的。你对画画应该也很喜欢，也能欣赏琴声——凡是与艺术相关的事情，都会让你产生愉悦的吧？我真为你高兴。宝贝，你能拥有欣赏美和感知美的能力。

人生而为人，最了不得的体验就是，能够发现美，欣赏美，继而努力让自己也成为美的一部分。当一个文笔好、画画也好、又会弹琴这样"深邃而又静美"的女孩子出现在你跟前，她无疑是美好的。你对她产生好感，这是多么正常的事情，这是美的发现在你身上的投射啊。

少年与少年相遇，该如春天的草绿遇到花红吧。我无端想起那首旋律动听的《声律启蒙》来：云对雨，雪对风，晚照对晴空……我以为，这是美好映照着美好。

但是少年，你不要说出来，不要。一些美好，是要小心轻放的，它只宜在距离之外，一旦说出来，它也许就像肥皂泡一样的，破灭了。你且静静欣赏着，就像春天守护着一棵小白杨，春天吹向它的是柔风，是细雨，是煦暖的阳光，是悄然生长的懂得、尊重和欢喜。等你们都走进葱茏的夏天，等你们都枝叶蓬勃起来，能经得起风、扛得起雨了，到那时，如果你确信，她还是你眼中最美的风景，你就走到她跟前，笑吟吟地告诉她，曾经，我喜欢过你呀。

不管她会不会喜欢你，那样的结局，都堪称美好。因为，你们曾在年少时遇见，那一页上，写下的都是纯真、柔软和美好。

梅子老师

恰如枝头柔嫩的新芽

梅子老师：

　　您好！

　　我是一名初三的学生，我前桌是个男生，我平时和他说笑聊天，有的时候还一起讨论题目，差不多是普通朋友的关系。但前几周他忽然发信息给我，很认真地说他喜欢我，而且连续几天都发了类似的话。我和他说过了现在的任务是学习，但他还总是给我发消息打电话，我觉得他好烦。

　　现在我们的关系越来越不正常了，我甚至不敢和他说话，有的时候还故意躲着他，看到他的眼神就害怕，我也不知道自己为什么会这样。他和我的成绩都不错，他的成绩在年级里也算数一数二的了。明年就要中考了，我总是提醒自己要加倍努力，但是这些事情总会让我心神不宁，没办法把心思放在学习上，最近成绩也下降了不少。

　　梅子老师，我该怎么办呢？

您的小读者

宝贝，真好，有人喜欢你。

我们每个人都有喜欢他人的权利。这个男孩子喜欢你，不是他的错，你的身上一定有着光亮吸引了他。就像我们有时看到一朵灼灼开放着的花朵，忍不住会发出一声欢呼，好漂亮的花啊！继而产生去嗅闻的冲动。美的事物，总能激发我们心中的柔软和深情。你是美好的。

看你的描述，这个男孩子似乎也不坏，成绩是数一数二的，跟你也相处得来，你曾和他说笑聊天，一起讨论题目。或许因为你们有着这样的"亲近"，他的爱的朦胧的情感发了芽。在他，也不定鼓起了多大的勇气，才对你说喜欢呢。

你的理智和清醒，多么珍贵。是的宝贝，对于现在的你们，更要把握好的是学习。因为你们的人生路才刚刚开始，你们恰如枝头柔嫩的新芽，一切有待日月风雨的历练。到时候了，一切将都水到渠成。你既然明确了自己的心意，又为何不能坦然，又为什么要故意躲着他，又为何要心神不宁？

宝贝，直面问题远比回避问题要好。我以为，最好的做法是，大大方方走到他跟前，面对他，直截了当地告诉他，谢谢你喜欢我，但很抱歉的是，我不喜欢你。倘若你能接受我不喜欢你这个事实，我们还可以做很好的朋友，一起说笑，一起讨论习题。倘若你不能接受，那我们连朋友也没得做了。我尊重你，也请你尊重我，请你不要再给我发无关的信息，不要再给我打无关的电话，不要影响我的生活我的学习，也请你不要因我而耽搁了你的学习。

我想，这个男孩子也是个聪明的孩子，你的话已说到这个份儿上，他没有理由再"纠缠"下去了吧。他虽然会有点小难过，但最终，会接受这样的事实。你们或许会回到从前，或许不会，那都好过你现在的"心神不宁"。

宝贝，喜欢一个人，是种很美好的情感，它本身没有错。你可以不喜欢，但尽可能地，不要去伤害。我希望，你在保护好自己的前提下，对他人多些理解、坦诚和宽容。

梅子老师

就像风摇动花朵

梅子老师：

  您好！

  我是您的忠实粉丝，但最近遇到了一些问题，让我困惑不已，希望老师可以给我一些参考意见。

  我是一名初三学生，是转校生，成绩比较好，同学们不喜欢与我交流，我也不太喜欢与班里的同学接触，常常觉得很孤独。

  但是兄弟班级有一位男生，我们常常上学放学顺路，偶尔在路上聊两句。我们成绩相仿，很有共同话题，对彼此也很感兴趣。不知道从什么时候起，每天放学可以和他一起回家，成了我每天最期待的事情。无数个夜晚，在我被学习压得喘不过气来的时候，他给了我喘息的机会，给了我一丝光明。

  可是前一段时间，他总向我瞒一些事情，拿我开玩笑，拿我打趣，在我面前起哄，我很想知道他为什么这样做。一天放学，很严肃地问了他这件事情。当时可能态度比较强硬，话说得也不好听，最后不欢而散。快一个月了，我们几乎没碰过面，即使碰了面，也是形同陌路。我甚至觉得他对我有些敌意了。

  造成这样的结果，我很难过，也很后悔，这样的结局不是我想要的。这段时间，我一直在反思。其实一开始他所做的并不是什么大事，可能对于他们男生来说，朋友之间开个玩笑，搞个恶作剧只是图个好玩，但我却看得很重，我觉得他是在玩弄我们朋友之间的感情。这件事情我不应该计较，更不应该去找他兴师问罪，这样我就失去他这个朋友了。他以前成绩不如我，但升入九年级以来，他成绩突飞猛进，我却直线下降。在他身上，我发现了很多我可以学习的地方，他情商智商很高，洞察力很强，很多问题一语道破。我很渴望他这个朋友。

其实有几次，我故意制造一些见面机会，我总以为他会给我道歉，那样我就可以原谅他，我们还是朋友。我自己不去找他道歉，原因有两点：其一，我碍于面子；其二，我不清楚自己到底有没有做错。但我怕如果我不道歉可能会永远失去他这个朋友了。

可能事情很无聊，但我的确对感情很谨慎很认真。每次不经意地撞见他，我都觉得怪怪的，一个月了，我依然自责犹豫着……可能我就是这么个人吧。

您的读者

宝贝，你好啊，冬天快过去了呢。

早起时，我听到一阵婉转的鸟鸣，那声音里，已含着翠。河边的柳枝萌芽了，上面爬满小虫子一般的芽苞苞。早开的结香，已在风中播着馨香。紧接着，冰层会融化，虫子会破土而出，草绿花红又将盛满一个世界。

你看，我们本以为无比漫长的冬天，它最终，也要翻过一页去，让位于春天。那些难耐的寒冷和孤寂，那些苍白和荒凉，以及恼人的西北风，将统统被时间的大手，擦拭得干干净净——这世上，就没有什么事是过不去的。

宝贝，你的这段小烦恼，也很快会过去的。

每个人的成长途中，都要历经一些孤独——那些触不到摸不着的情绪，如烟似雾。这个时候，当有人能够靠近你的孤独，你的心中，会升起一种很奇异的感觉，那是些说不清的情愫。就像风摇动花朵，花朵会因此发生悸动。

这本是很自然的事，只是年少的心，尚不能明白这样的事，于是乎，出现了他的"恶作剧"，你的"兴师问罪"。于是乎，有了"伤害"和"误解"，有了"困惑"和"难过"。

那怎么办呢？我以为，最好的解决办法：一是面对，二是丢开。

你问问自己的心，如果你真心想拥有什么，那就直接面对它。不兜弯子，不找借口，不假装，不故意，不过激，不冲动，有一说一，坦坦荡荡。你坦荡了，你获得的友谊，才会更加纯净。

如果你觉得面对不了，那就把它当作往事好了，埋在心底，或丢进风里，不要再为它自寻烦恼了。时间会带着你一路向前，你会升入高中，你会进入大学，你会走向社会，一路上的风景还有很多很多。那个时候，不晓得有多少和煦体贴的风，会吹软你的心呢。

梅子老师

第四辑
做自己的风水

我们每个人，都是自己的风水。

当一个人心里盛着愉悦和欢喜，

那么，在他的脸上，必然呈现出善的光芒。

用实际行动来证明

梅子老师：

　　您好！

　　我不知道您能不能看到这封私信。

　　我看了很多您的书，觉得您是一个值得信任的人，所以我想跟您说说我的生活，我不知道我该怎么办，好像周围的人都不是很尊重我的想法。

　　就是，我父母不会问我的意见，好像我还是一个小孩。但我明年就成年了。您能想象吗，我比他们都高，但在他们眼里就像一个刚刚学会走路的小孩子一样，他们不论什么事都要过问，说我太幼稚了，长不大。他们不会让我自己去经历风雨。我真的有些话想跟他们说，但他们永远不会认真去听。

　　我一股脑儿跟您说这么多，不知会不会打扰到您。

月亮弯弯

　　月亮，我想象了一下你的个头，该到一米七以上了吧，像棵挺拔的小白杨吧。真好。我提前祝贺一下你成年吧，青年，你好，欢迎你加入到我们成人的队伍中来。

你的父母一定极为疼你，疼得有点"事无巨细"了，这才让你有了窒息感。他们的出发点本没有错，是想竭尽全力护你周全，想让你免受外界丁点伤害。当你努力要挣脱他们相搀的手，他们其实是恐惧的，害怕一放手了，你就摔跟头了。也害怕，会"失去"你，——孩子长大了，就像鸟儿长大了一样，是要飞走的，做父母的，会产生深深的失落感。所以，你不要过分埋怨他们，而是要多些理解。

他们有个功课要做，就是学会对孩子慢慢放手。这个功课能不能顺利进行，很大程度上，取决于你。你要积极引导他们放手呢。

是，他们现在不会听你解释，他们总是习惯地以为你还小，总是习惯地说你幼稚，说你长不大。那你可不可以用实际行动来证明你长大了呢，能不能偷偷地独立完成一些事，让他们大吃一惊，啊，原来他们的小孩，真的长大了。

我有个提议，现在不是正放着暑假吗，想来你也有些空余的时间，那匀点时间出来，适当地学做些家务活吧，学着做做饭吧。当你的父母下班回家，看到饭桌上已做好的饭菜，他们是感到欣慰的吧。

另外，你可以培养一两个属于你的兴趣爱好，专注地做，慢慢地放出光彩来，让自己显得有担当。还要培养良好的习惯，早睡早起，自律，积极向上，阳光开朗，在一些事情上，有自己的主见，到时候，怕是你的父母每每做事，都要来向你讨意见呢，哪里还会说你幼稚呢。

梅子老师

天上不会掉馅饼

梅子老师:

　　您好!

　　我见过您的,在上海的书展上。您当然不记得我,因为那时您在台上,我在台下,我们隔着好些人头呢。

　　我给您手书了一封信。觉得还是手书的信有温度,也更能把我要倾吐的话,倾吐出来。因不晓得您准确的收信地址,就只能拍成图片随这封电子邮件发您了,您可以点击图片放大了看。以后若有机会再见到您,我会亲自把这封信交给您。我练过钢笔字,貌似字还挺好看的,博梅子老师一笑。

　　我的经历都写在信纸上了,想听听梅子老师的建议。

　　祝梅子老师永远文丰笔健!

您的读者:苗宇

苗宇，你好。我看到你手书的信了，字真的挺好看的，飘逸洒脱。

想你，该是个帅气的小伙子吧？阳光，明朗，一身朝气。我希望是这样。年轻人就该有年轻人的样子，不要让暮色，及早地爬上脸庞。

大学毕业，别的同学忙于考研，你没有。你说你对考研提不起一点兴趣，除了再多浪费两年时光，换得一张研究生文凭，别无用处。世界多大啊，你想去走走。你亦想早点进入工作模式，一年赚上个百八十万的，想去哪就去哪，想怎么潇洒就怎么潇洒。彼时的世界，在你的眼里，处处流淌着黄金，似乎你只需一弯腰，就能捡个满怀。

你拒绝回家乡。你对家乡的那个小城，很是不屑，它古板，小富即安，不思进取，这都不对你年轻的胃口。你想靠自己打拼，闯出一片天下，干出一番事业来。你首选是北京。大都会，镂金雕银，好多人的梦想，都是在那里开花的。你当然也想。

你与多人合挤在一间租住房内，上下床。饿了吃泡面。最拮据的时候，你啃过冷馒头。你投了几百份简历，面试电话断断续续来。但你很挑，因为那些工作都不是你想象中的高大上。最后，无奈何，你只得去了一家文化公司。

待遇仍是不高，一个月只有三千多一点，扣除掉交房租的钱，扣除掉吃饭和交通费用，所剩无几。且这份工作，没日没夜地做，还落不到好，常被主管批得体无完肤。你忍，才知社会不是你梦想中的那么步步生花。

　　这份工作持续了半年，你觉得无趣。整天追在作者后面要稿，挖空心思写文案，这很不对你的路子。也有违你当初的雄心壮志了。你辞了职，从北京跑去上海，你认为上海的机遇应该更多。

　　在上海，你重复着北京的求职经历。一张普通的本科文凭，对付厚重的现实，实在轻如鸿毛。你想进一些好的企业和公司去，难。也只能退而求其次，最后，你谋得一份一家医药公司网络编辑的工作。工资待遇也还是差强你意，光应付房租和吃饭，你的囊中，已变得很羞涩。你在那里待了八个月后，又转身走人。

　　这一回，你跑到广州去。在广州一晃一个多月，用光身上所有积蓄，你还不曾找到合适工作。你靠父母支援，硬撑着。父母这时对你发话了，让你回家考公务员。他们对你的愿望是，赶紧找份稳定工作，让自己安顿下来。你不愿回去，你说，考上公务员，一生也就望到底了，没有任何挑战性。

　　你与父母的矛盾，就此产生。父母恨你不听话，你烦恼着他们不理解你。你说你的命运你想自己做主，你想过自己想要的日子。我听出这话里，你的底气已明显不足了。刚出校门时的雄心壮志，已被现实的犀利，分割得七零八落。你有些犹疑，不知该往哪里走。你说想听听我的意见。

　　苗宇，我说了你不要不高兴呀，你让我想到一个词，年轻气盛。还有一个词，好高骛远。年轻人身上的特质——敢闯，这是令人欣慰的。趁着年轻，多走一些地方，多些经历和阅历，是值得赞许的。但人不能永远漂泊在路上，我们最终寻找的，还是一个安身立命所在。我很想问问，亲爱的孩子，你准备拿什么来安身立命呢？你想要的日子，又是什么样的？——你怕是回答不了。因为，你根本不知道答案是什么。你对自己缺少明晰的认识。

这世上，收获与付出，是对等的。你想收获到什么，必须首先弄清楚，你能给社会提供什么。有多大的能耐，做多大的事，天上不会掉馅饼，地上也没有铺满黄金。要想在这个社会上有个立足之地，你必须拥有一定的资本。这个资本，包括情商、智商和相当的才华。在不断行走的过程中，你要不断储备才是。一定要明确自己想要什么，擅长做什么，而不是东一榔头西一棒子，全由着自己的性子来。到头来，虽说你也走过很多地方，阅过很多风景，然那些地方还是别人的地方，那些风景还是别人的风景，你连一根羽毛也不曾留下。你说，这样的漂泊与闯荡，有意义吗？

苗宇，我以为，你目下要解决的，第一件顶顶要紧的事，就是找到养活自己的办法。这很重要。一个四肢健全的年轻人，连自己都养不活（还要靠父母接济），就遑论其他了。你要试着让自己的眼光降低一些，落到现实的土壤中来，看清自己到底有多大才能，然后找到适合自己的位置，并一心一意待它，努力在这个位置上，把你的潜能发挥到最大。这样，你或许能走出一条宽阔大道来。北京、上海和广州已经告诉你了，生活绝不是绣在绸缎上的花朵，它是遍布沙砾与荆棘的。

你还须努力地充实自己。无论你做什么工作，回家考公务员也好，继续漂泊也罢，你都不要忘了读书。读书会让你站得更高，看得更远，会及时补充你的贫瘠和不足，让一些改变命运的机遇，不期而至。

你还要努力做一个有意思的人。有一项或几项兴趣爱好，比方说，喜欢打球、游泳，或徒步行走。比方说，喜欢音乐或书法。一个人有着自己的兴趣爱好，这个人才不会让人觉得乏味，也才能保持精神焕发，内心充盈。他会因此赢得好人缘，为他的事业，插上飞翔的翅膀。

梅子老师

你若是珍宝，必有光芒

梅子老师：

　　您好！

　　我读的是一所211大学，当年是以我们县中第一名考上的。如今我毕业已三年了，曾经的理想抱负，却一日一日，被现实消磨殆尽。

　　我在一机关工作，有编制的那种。我以为凭着一腔热血和学到的知识，可以报效社会，大展宏图。可事实上，全然不是这样。这是个关系网密集的社会，是个要靠后台才能提升的社会，是个吹牛拍马成家常便饭的社会，根本没有公平可言。我幼稚，我天真，处处得罪人，受打压，受排挤，谁也不把我这个小年青放眼里，连个小小办事员，也能随便吩咐我做事。我勒个去了，我曾经也是个高才生哎，凭什么处处受人挤压，干着最重的活，拿着最少的钱？

　　不好意思梅子老师，让您听这些。我这也是在心里憋得慌，跟您一吐为快。

　　想起当年刚考上大学时，县中校长都亲自到我家去祝贺了，左右邻舍没一个不羡慕的，那时的辉煌，恍若做梦。很伤感呢。

　　祝梅子老师永远年轻美丽。

晴日里的小猪

晴日里的小猪，你好啊。

看到你的这个昵称，我想起一幅漫画来。画面上，一只可爱的小猪，抱着一棵大树，奋力往上爬着、爬着。树顶上，挂着一个明晃晃的大太阳，小猪是要去摘那个太阳的。旁白：踮起脚尖，就更靠近阳光。

我真心喜欢这只小猪。它活泼，性格开朗，不气馁，很努力，目标明确。

你也是这样的一只"小猪"吗？——显然你不是。你不快乐，牢骚满腹，工作才三年，似乎已把社会和现实看透。你认为这世上处处都写着"不公"二字，使你怀才不遇。你万分委屈地说，我曾经也是个高才生哎，凭什么处处受人挤压，干着最重的活，拿着最少的钱。

亲爱的小猪，你牢骚的重心，其实在一个字上，那个字，叫"利"。你只字没提你做的是什么工作，做得怎么样。你眼光盯着的，是你得到了什么。当现实与你的想象产生落差时，你心理就严重不平衡了，你觉得是社会负了你。你念念于你昔日的辉煌，而那个辉煌，你认为完全可以用来和现实作交换，换得相应的报酬和尊重。

可是，小猪，你有没有想过，昔日再多的辉煌，也只能属于昔日。再说，高才生与高能力，这是两码事。现在不少的大学毕业生，都是眼高手低，高分低能的。他们总要经过一段时期，才能真正适应自己的新角色。

不要恼火，不要一蹦三尺高，急着要反驳我。小猪，咱坐下来，冷静地好好想想，是不是你自身也有不足呢？你工作不过才三年，搁在过去，你尚未"满师"，还属于学徒，你怎么就可以把自己当"元老"了，想要瓜分社会积攒了几十年甚至上百年的"利"呢？说真的，假若我是你的主管，怕是对你这样的员工，也欢喜不起来。因为，你浮躁得很，太过于急功近利。

好多干出一番事业的人，都是从最基层锻炼起的。刘邦还卖过草鞋呢。所以小猪，收起你的抱怨和愤懑吧，踏踏实实，从"小学生"做起，一步一步，夯实基础。这也是为了将来，你能到更大的空间里去施展。你要相信，你有多大才能，就将有多大的舞台。

如果你还是不能释怀，对现在手头的工作觉得厌倦和不满，待在现在的地方觉得憋屈，那么，好，你可以拔腿走人。常言道，树挪死，人挪活。趁着年轻，多些闯荡，多些历练，也是好事。说不定闯着闯着，就闯荡出一条金光大道来呢。

不过请切记，千万不要频繁跳槽。一个没有定性，若浮萍般生不了根的人，是注定做不了大事的，也注定难以取得别人的信任。小猪，不要只盯着人家能给予你什么，而是首先要问问，你能给人家贡献什么。不管你今后从事什么工作，你一定要打心眼里热爱它，认认真真地待它。公平不是别人给予的，而是你自己。等你做出成绩了，该你得到的"好处"，自然而然就来了。你若是珍宝，必有光芒。

梅子老师

追星的意义

丁老师：

　　您好！

　　我是一名即将进入高一的学生，是您的忠实读者，也是一名追星女孩。

　　这段日子，许多明星接连"翻车"，丑闻不断，引发了我对追星的深度思考。我发现，其实明星有时并不是我们所想的那样光鲜亮丽，背后有强大的经纪公司来替他运作，从而可能引发粉丝，尤其是未成年人的不理智追星（如集资应援、不顾师长劝阻去见面、私生围堵机场酒店等），严重破坏社会秩序，造成悲剧。

　　我的一个朋友表示她对娱乐圈很是愤愤不平，她说，那些伟大的科学家、政治家等才是推动人类向前的重要力量，我们为什么不去追他们，反而让明星的资产比他们高得多？

　　我关注了《人民日报》，《人民日报》称中央正在大力整治饭圈乱象。我感到对"追星"这个词的定位不大清晰，所以我想听您谈谈您对追星的理解。追星的意义是什么？它对青少年乃至社会的意义和作用又是什么？该如何正确地追星？望您解答，真诚地感谢您！

您的读者

宝贝，你好。

首先祝贺一下你，即将开启人生新的一页，书写新的篇章。愿你写下的每一笔，都是明亮的，灿烂的。

真好，你有了独立思考的能力，已能明辨是非。人的伟大之处，就在于人能够思想，有了这种能力的加持，你的人生之路，定会越走越广阔的。

每个人的生命中，或多或少，都曾被一些"星星"照亮过，他们或带来心灵的觉醒和感动；或唤起对美的沉思和追求；或激发起生活的信心和勇气。如果能从他们身上汲取到这些正能量，衍化成自己行动的动力，那么，这样的追星，就有着相当大的意义。

文坛上，曾发生一起追星事件，被人津津乐道了千百年。当年，小李白11岁的杜甫，一见李白就迷上了，成了李白绝对的铁杆迷弟。闻一多曾如此形容杜甫见李白的场景：

> 四千年的历史里，除了孔子见老子，没有比这两人的会面，更重大，更神圣，更可纪念的。我们再逼紧我们的想象，譬如说，青天里太阳和月亮碰了头，那么，尘世上不知要焚起多少香案，不知有多少人要望天遥拜，说是皇天的祥瑞。

他们一个是太阳，一个是月亮，美好与美好碰撞到一起，璀璨了整个天空。再看看杜甫，到底着迷于李白身上的什么呢，"白也诗无敌，飘然思不群""笔落惊风雨，诗成泣鬼神""痛饮狂歌空度日，飞扬跋扈为谁雄""冠盖满京华，斯人独憔悴"……他着迷的，原来是李白潇洒的真性情和汪洋恣肆的才华。他以他为榜样，最终成了一代诗圣。

现代人，尤其是少年人，又追的是什么星呢？他们追的是一些人外表的光鲜。那层用装饰品装饰起来的光鲜，经得起多少时间的验证呢？一朝啪啪啪掉落了外面的包装，内里的丑陋，便一览无余。花费了那么多的时间和精力，甚至金钱，去追的一个星，到头来，追了一场空虚和寂寞，是不是很冤枉很讽刺？

追星，还是多注重一下星们的学识素养和精神素养才好，我们追的应该是真才实学，而不是一个花架子，且要理性地去追。倘若一味盲目，又是机场围堵，又是宾馆拦截的，沦陷其中，迷失了自己，那样的追星，有百害而无一利。有一个追星的孩子就很好，她告诉我，她追一个叫胡歌的明星，凡他参演的电影电视，她都一遍一遍看。她说，她从他身上看到智慧的力量，看到善良的光芒，看到坚韧和努力。她说她要向他学习，努力多读书，做一个有智慧和善良的人。

这就对了。我们追星，原是为了成为更好的自己。

梅子老师

做自己的风水

梅子老师：

你好！

我是个 29 岁的单亲妈妈。

我 29 岁的人生里，充满幼稚、虚假、欺骗和疼痛，我眼睛盲，心也盲，一头扎进这个叫生活的大容器里，自然被碾轧得只剩碎渣渣。生活留给我的，除了 3 岁的女儿，就是满身的伤痕。我带着女儿，回到父母家。

父母怕我伤心，从不当我的面叹息，但我听到他们的叹息，看到他们为我愁白的发。女儿懂事得让我心疼，我哭，她用小手替我擦泪，把她的饼干全捧给我，说，妈妈，不疼，吃了饼干就不疼了。

为了女儿和父母，我决心振作起来，又一个人外出打拼，想赚足够多的钱，给他们一个美好的未来。

然而，生活似乎总跟我作对，幸福总也不肯来敲我的门，我付出十分努力，有时却得不到一分收获。明明我已做得很好了，主管却来批评我。还不是看我无权无势无任何背景，又是单身一人好欺负？同事们没一个帮我说话，他们是巴不得看我笑话的吧。晚上回家，我还得强打精神强装笑脸，和女儿视频。每每看到女儿那张稚嫩的小脸，听到她稚嫩的声音叫妈妈，我都心如刀割，觉得对不起她。我真是好失败，没有一天如意过，让女儿跟着我受苦。

老天怎么会这么不公平？为什么对别人好，却不把它的温暖洒一点点给我？我越来越讨厌我身边的那些人，是的，他们年轻，他们有的是资本，鲜衣怒马神采飞扬。面对他们，是件十分痛苦的事。他们的笑声刺耳，他们的说话声刺耳，他们的举止行为刺眼，我越来越不想看见他们，恨不得他们全部消失。

梅子老师，我知道这种心理很可怕，可一日一日地，我陷在其中，无力自拔。它让我食不知味，夜不能寐。我觉得自己快坚持不下去了。

木芙蓉

芙蓉你好。

知道吗，在见到你昵称的那一刹那，我特别想对你念一首诗，是宋代词人吕本中的：

小池南畔木芙蓉，雨后霜前着意红。

犹胜无言旧桃李，一生开落任东风。

木芙蓉长在池畔，秋来，雨一场，霜一场，别的花都已凋零殆尽，它却越开越绚烂。寥落而清寒的深秋，因了它，有了明亮和明媚。

我的小区旁长着这么一大丛。初秋的天，它开始慢慢地打苞，累累的，子嗣众多。然后，一朵一朵，缓缓开，嫣红的，如浮霞一般。路过它，我总要一边欢喜，一边生出些敬意，它是怎么抵御住春的繁华烂漫，夏的喧哗闹腾，而一路走到秋的？且在秋的寂静与衰落里，捧出一捧的鲜艳色。我想，内心的坚韧，比什么都重要。

亲爱的芙蓉，人生难免会有些曲折，天灾，人祸，疾病，遇人不淑，等等。哪一样，都足以打破我们原有的平静，让我们不得不承担一些痛苦和眼泪。可人的一生，又恰恰因这些曲折和挫折，才得到磨炼。抚着往昔的伤疤，我们才知避让前路上有可能再绊倒自己的石头，也才知道寻常的拥有，多么叫我们感激。

你跌倒过，而且这一跤，似乎摔得不轻，29 岁之前的经历让你成了一个单亲妈妈。你再次阔别家乡，离开父母和孩子，一个人外出打拼。最初的愿望，是朝着美好的方向奔的，你只想努力攒钱，把孩子好好培养成人，让父母少操些心。但事与愿违，你想拥有的幸福，并没有来敲你的门，你日日生活在不如意中。而你身边的那些人，却个个鲜衣怒马，神采飞扬，你心理失衡了，你忌恨他们，凭什么呢，他们就能那么快乐，而你的人生，却要苍白地继续？你在这样的忌恨中，一日一日扭曲着自己的心灵。

哎，亲爱的，这真是自己喝汤，就见不得别人吃肉呢。有点好笑的是不？你且收起脸上的怨气，把目光放平和一些，再平和一些。然后，你冷静地想一想，你究竟想要什么。是继续纠缠于过去的失败中，与自己为敌，使自己不痛快呢，还是选择与自己和解？结局已经是这样了（你不接受也没办法），再坏也坏不到哪儿去。那么，你何不放宽心，让自己愉悦，好好地过好每一天？当你纠结于嫉妒与恨之中时，你的现状，并没有因此改变一点点，反而使自己活得更加痛苦，更加不甘。这样无休止的恶性循环，最终只能使你变得越来越糟糕，越来越面目全非。

倘若你换一种活法呢，能为他人的幸福而高兴，并努力向着这样的幸福奔，结果又会怎样呢？与阳光待在一起，不管怎么说，身上总会落下一点两点的阳光。当身上的阳光越积越多时，你也会变成一个幸福的人了。

佛家讲风水之说，说一个人身边的风水好了，这个人便会顺顺利利。我以为，风水不在他处，恰恰在我们自身。我们每个人，都是自己的风水。当一个人心里盛着愉悦和欢喜，那么，在他的脸上，必然呈现出善的光芒。他做事，便会越做越顺；反之，一个人整天处在悒郁忌恨之中，呈现在他脸上的，必然是灰暗阴霾。这样的人，谁愿意与之为伍与之亲近呢？他又如何能把事情做好？一个和善快乐的人，感染的不仅仅是他自己，还有周围的人。周围的人，又会用他们的和善快乐来回赠他。这样的人，自会有幸福去敲他的门。

所以芙蓉，放下你的嫉妒和恨吧。因为你的处境，不是旁人造成的，而是你自己。过分地忌恨别人，只能使你的内心，背离幸福越来越远，到最后，损伤的是你自己的"风水"。你的孩子有你这样的妈妈，她又怎么能健康成长？你的父母有你这样的女儿，他们又怎么能够安度晚年？

为了他们的幸福，芙蓉，你也要试着和自己好好相处，让自己的内心，多一点柔软，多一点快乐，多一点爱意。你也要学着让自己漂亮起来，每天化个淡妆，穿件漂亮的衣裳。有闲钱的时候，不妨买几盆植物回去，看它们一点一点地长叶，开花，让生命的欢实，充盈你的内心。还有，多看点书，书会打开你的人生格局。努力做好手头的事，并找出自己的兴趣点。如果你喜欢画画，不妨每天画两笔。也可从头来学，学烹饪学裁剪学插花，学什么都可以，只要让自己活得充实就行，每一天都不虚度。这样走下去，你哪里还有精力去忌恨别人？到时候，你已是一朵真正的芙蓉花，艳艳地照亮别人的眼，别人怕是羡慕你还来不及呢。

梅子老师

揣着一颗认真的心

老师：

你好！

我现在是一名高三学生，马上高考了，我有点紧张。

我平时学习还行，但这次期末考试没考好。我现在都月经不调了。我有个爱好，就是喜欢看小说。我妈说过我好多次，但我就是改不掉，我觉得还有这四个月我应该可以控制自己不玩手机的。但我怕未来四个月艰苦的生活。开了学就是一模了，然后二模，三模，就高考了。我挺紧张的，怕考不好，怕这三年的苦白吃了。

老师，我觉得好烦啊。我妈一直拿我和别人比，一直说说说。我都快被她逼疯了。我真的不想睬她，快被她烦死了。

你的读者

宝贝，你好。

祝贺你哦，就要告别你的中学生活了。你亮丽的人生，从此，要掀开新的一页了，有更广阔的天地，在前头等着你。

从小学到中学，你也算是久经沙场的"老兵"了，偶尔一两次考试没考好，真的不算啥。海浪还有起起伏伏呢，何况我们的人生？你要做的，不是追悔和懊恼，而是面对现状，怎样做好调整。

你也知道自己爱看小说，爱玩手机，这都是顶顶浪费时间的事。小说当然可以看，但毕竟是高三了，时间紧，我不建议你花大量时间去看。等你上了大学，有的是时间去读小说。手机上的诱惑太多，你埋头刷啊刷，根本不会觉察到时间的飞速流逝，一低头，半天就溜走了；再一低头，一天就溜走了。这个时间里，你能做多少习题，背诵多少课文啊。宝贝，你如果还不能醒悟过来，我真的要替你可惜呢。

四个月的苦你都受不了，我都不晓得你怎么面对你以后的生活了。要吃到盘中餐，得有禾下土。你想得到，必须先付出。没有付出是不辛苦的。与其恐慌未来，莫如现在用功。无论你如何害怕如何不愿意面对，高考的日子就摆在那里，不增不减。我以为，揣着一颗认真的心，笑着走向它，会更好。

天下的妈妈少有不烦人的，这是妈妈们的通病——孩子似乎都是别人家的好。既然知道这是妈妈们的通病，咱就不要计较妈妈的啰唆了。告诉她，她的孩子，也在努力成为称职的好孩子，希望她也努力做一个称职的好妈妈。

梅子老师

守护梦想

梅子老师：

　　我是偶然在图书馆看见了您的《等待绽放》而喜欢上您的作品的。您的书看时很轻松，给人讲一些教益。您的书我很喜欢，我无法做出好的评论。希望您多出书，给我们这些迷茫的人一个指路明灯。

　　我一直以来都有一个写书梦想，可家里人不断地打击我，说我一定实现不了。我知道我文采不好，所以不断地练习，可结果写出来的还是如同流水账。我有时真的想放弃，因为我真的坚持不下去了，我已经没了自信，更不知道如何找到自信。

　　自从没了自信心，我的成绩就下滑得很厉害，我觉得自己已经失败了，所以上课时总是一副吊儿郎当的样子，爱听不听的。我很想学好，但我不知道该怎样学好。

　　我爸爸一有不开心的事就拿我撒气，晚上我做作业时，他在那里玩手机，手机声开得老大了。我跟他说，他就回我一句我不要你管。每次我看到别人家的孩子有家人陪，有家人疼时我老羡慕了。虽说我妈也疼我，但她一年回来的天数就十来天，每一次回来他俩都要吵架，时不时就说离婚。我劝他们，他们不听。我真的不知道该怎么办了，所以只能发信息给您了。我想征求您的宝贵建议。

樱桃少女

宝贝，我给你讲一个故事吧。

有这么一只小青蛙，和一家人，一起住在一口枯井里。他们每天重复做的事只有一件，那件事是，捕捉虫子。岁月就这么一天一天流淌着，无波无澜，不惊不扰。

一天，小青蛙对着枯井上面的天空，痴痴看了一会儿，突然告诉家里人，它有个梦想，想做个探险家。

外面的世界里，一定藏有很多宝贝，我要找到它们带回家，小青蛙响亮地说。

家里人都当小青蛙是说胡话，它们嘲笑着它的不切实际，说，你真是不自量力呢，还要做什么探险家，你当心险没探到，就被外面的世界给活剥生吞了。

哎呀呀，你还是别做梦了，练习捉虫子的本领要紧，它的爸妈对它说。

小青蛙不听，它积蓄着力量，一路朝着它的梦想奔去。它跳出了枯井，到了外面的世界。外面的世界真广阔啊，小青蛙惊讶坏了，他蹦蹦跳跳一路走，一路看，它走过了旷野，渡过了河流，穿过了森林，遇到了花海。每一天，它都活在从未有过的期待和快乐中。

一年后，它返回家。

家里人见它两手空空，一齐笑开了，哦，你没做成探险家呀。

小青蛙没有辩解，他双眼熠熠地跟家里人谈起路上的见闻，听得家里人眼睛都直了。那些它们从没见过的风光，都在小青蛙的脑海里装着呢。

后来，小青蛙不时被些别的青蛙请去，讲外面世界的事情，它成了个演讲家。

宝贝，听完这个故事，你有没有想到一些什么？倘若你有梦想，那么，你就有责任守护好它，那是属于你的，风吹不走，雨打不掉，哪能因家里人的不支持，就自个儿丧失信念？知道吗宝贝，有时，梦想不是用来实现的，而是用来作支撑的。人生因有了梦想，才变得不苍白，才有了期盼，才有了走下去的勇气和力量。最后梦想能实现了当然好，倘若不能实现也没关系。因为，在追逐梦想的路上，你的收获，已远远超过了梦想本身。

好了，宝贝，现在，你准备好了吗，咱们要开始逐梦了。就从一堂课开始，咱集中精力，认真听讲，争取把课堂效率最大化。课余时间，咱多读些书，勤做笔记。另外，找个合适的机会，跟爸妈好好谈谈，谈谈你的困惑，和他们对你的影响，并用实际行动向他们表明，你的勤奋和懂事。你会成为父母的榜样呢，他们或许会因你而改变。

　　宝贝，命运从不薄待勤奋的人。你的自信，应该来自你的勤奋，而不是别的。

梅子老师

理想必须有所附丽

梅子老师：

我很喜欢你的书。

我有个烦恼，想问问你，希望你能帮我解决。

我这个人很喜欢唱歌，从我知道"理想"这个词以来，我的理想就是当一名歌手。

可是我的家人一直都不支持我。

我该怎么办？

为此也和父母经常吵架。他们把我的人生都规划好了，我不想让他们来安排我的人生。

浅念

宝贝，我们每个人的一生，都要经历很多个阶段，从童年，到少年，到青年，到中年，到老年。每一个阶段，都有着各自的梦想。

就拿我来说吧，很小很小的时候，我曾做过裁缝梦。那是因为我们村里有个刘裁缝，她整天闷在屋子里替人做衣服，不用下地干活。她能把一块不起眼的布料，变成漂亮的衣裳，这在那时的我的眼里，简直太神奇了，我要成为她那样的人。

待我再长大一些，识字了，我喜欢上看书。却因家贫，买不起书，我便萌生出新的理想——要做一个摆书摊的人。我们老街上有个摆书摊的男人，他把他的书摊摆在一棵老槐树下，我每回到老街上去，都直奔他而去。看到槐树底下那些花花绿绿的小人书，好似一个宝藏在发光，我就羡慕得不得了。我要成为那个男人，像他一样，拥有一个"宝藏"，做世界上最幸福的人。

后来，我又迷上了画画，我崇拜揣着画笔四处寻找美景的人，我抱定此生非做个画家不可。我对着墙上的画描摹，我对着门口的树啊花的描摹，我对着家里的鸡鸭猪羊描摹，简直成痴。

当然这些理想，最终我都没能实现，我走上了写作的路。但我却非常感谢曾经的这些梦想，是它们伴着我成长，给我的童年和少年时光，抹上了一道道绚丽的光芒。

宝贝，人的发展有着多种可能性，你现在的理想，未必就是你将来所执着的东西——我说这话并不是要你放弃理想，相反，是要你怀着赤诚的心去热爱着。人只有在热爱中，才会燃起生活的热情，才会让日子饱满而又充满欢喜，才会更接近幸福。

但热爱一桩事情，不是要你不管不顾，恨不得把身家性命全搭进去。不管什么样的理想，都要有所附丽有所支撑才行，否则，它只能是空想、妄想。宝贝，如果你现在还是个中学生，我倒是建议你，不妨先立足于学习，建立起一个完整的学习体系，念完高中，念完大学，好储备足够多的知识和才能。同时，你的心智跟着日趋成熟，这是当今这个社会生存所必需的。在此基础上，再去实施你的理想。也许，在追梦的过程中，你又会喜欢上别的什么，理想因此而改变，那也是说不准的事。但你曾经拥有的这个理想，一定会在你的生命里，留下不可磨灭的光和亮。

梅子老师

成为一棵树

梅子老师：

您好！

我是一名高职的学生，明年这个时候毕业。

读了很久您的书，您是像一个树洞，又像一个太阳一样的存在，一直带给我光亮。可有些事情我和爸爸妈妈说不明白，只好让您来帮我解决烦恼了。

我亲爱的老师，是这样的，我恋爱了。他是一名高三的学生，比我小那么一岁。在一年多的相处下我对他已经有些依赖，我很喜欢他，他也是，我们都在努力。但是这一年的相处也让他对我有了彻底的了解，我的小脾气，我的任性，无一不暴露出来了。我很烦恼，分手是我提的，之前也提过很多次。我知道您可能觉得我对感情不认真。不是这样的，相反，我很认真，但总是找不到最好的表达方式。分手是我提的，他同意了。我以为他还是和以前一样，会纠缠着离不开，没想到，被分手的是我了。

老师，我真的不知道该怎么办了。他说我要努力，也要改改自己的缺点，不可以总那么任性，他现在不会相信我了。可能迫于学习压力，他也不想谈恋爱了。老师，我理解他，并且，我也不想逼他，可我这心里却怎么也放不下，好像整个世界没了光亮。以前，我们把未来的路都铺得很明确。我毕业去他读大学的那个城市工作。但是现在那个方向变得越来越模糊了，我慌了。

老师，我该怎么办？我想等他，等他毕业再看看缘分，可是我心里总悬着，怕他喜欢上别人，怕他等不了我。

您忠实的读者

亲爱的好姑娘，你好啊。

看了你的故事，让我想起一首古老的歌谣，歌谣是这么唱的：

> 彼狡童兮，不与我言兮。维子之故，使我不能餐兮。
>
> 彼狡童兮，不与我食兮。维子之故，使我不能息兮。

诗里的姑娘，像不像你？两个人在一起时，她爱耍耍小性子，爱玩玩小考验，爱发发小脾气，直到他厌倦了，真的撒开手了，再不与她说话了，再不跟她一起吃饭了，她却又难过得很，不能餐不能息的，哀叹连连。

看来，千百年来的女孩子，都犯着同样的一种病呢，这种病叫公主病。心是善良的、脆弱的、柔软的、稚嫩的，渴望着被人捧着被人哄着，只是现实生活中，少有耐心的王子出现。生活是繁乱的，要应付的事实在太多，我们的恋爱，以及将来的婚姻，应该给繁乱的生活带来茵茵的芳草、幽香的花朵、可口的美食，给疲倦的身心带来愉悦、甜蜜和安慰，而不是更添风雨。

好姑娘，你现在要做的，不是难过，不是患得患失，而是好好地面对自己。

你还在完成学业中，他更加是。高三是整个中学阶段最为紧张的时期，这个时候他若分心，势必给他一生造成很大的影响。倘若你真的喜欢他，应该让他专心于学习，以旺盛的精力，迎接高考才是。你呢，也要趁着现在，趁着还在学校里，多读些书，学点技能，用知识把自己武装起来。即便将来两个人没有可能再发展下去了，你也不至于太过慌张。因为，你无须依附于任何人，可以凭自己光彩照人地活着，且因这样的光彩，吸引到真正喜欢你的那个人。

我很喜欢舒婷写的《致橡树》中的一句话："我必须是你近旁的一株木棉，作为树的形象和你站在一起。"我把它送给你。真正美好的爱情，应该是这个样子的：你若以树的形象站立着，那么，我也努力成为一棵树。

还有，请你记住，人与人相处，哪怕关系再亲密，也一定要给对方留点空间，好正常呼吸。

梅子老师

星星再亮，也在天上

梅子老师：

您好！

我想问您一个问题，追星对吗？

我喜欢一个明星，他很正能量，很善良，也很努力。我不知道自己这样做对不对？我甚至从没向别人说过这件事，因为我觉得追星的人都不理智，而且追星就是无尽的单恋，得不到任何回应。但这也带给我很多好处，因为他很优秀，所以我也要像他一样优秀，但我怕因追他而浪费我的精力。

我不知道怎么办。期待梅子老师的回信！

一位十四岁的少年

宝贝，你好。

首先羡慕一下你的少年时代，明星辈出，信息丰富。

我的少年时代，生活简单，电影电视那都是逢年过节才能看上一场两场的。

那时流行过一阵电影明星的贴画，我买来，贴在作业本上。也仅仅是把他们当作美好的事物欣赏着，就像欣赏一朵花一棵树一样，从没因此而迷恋过。他们的生活与我相隔遥遥，我有我的生活和人生。

然你的"追星"显然与我的不同了，你不仅仅是欣赏、喜欢，而且是迷恋和沦陷了，你把你有限的精力，用在这件事上了——如果真的是这样，宝贝，我是不能对你投支持票的。这种追星行为，是一种相当盲目且愚蠢的行为。

星星再亮，也在天上，它落不到地上来。正如你所说，你的这场追星，"就是无尽的单恋"。你把金子般的光阴和好年华，浪费在一件虚幻的事情上，你说你冤不冤？

当星星照亮你的时候，你感觉到了温暖和明亮，你有了喜悦和喜欢，甚至，是热爱，是感激，这都正常。你要做的，不是踮起脚尖，拼命伸手去够那颗遥不可及的星星，而是努力地把它身上传递出来的温暖和明亮，转化成你的温暖和明亮，不断修炼自己，争取也做一颗星星，在照亮自己的同时，照亮他人。

记住宝贝，最值得我们崇拜的明星，不是别人，而是每天都在变得更好的那个自己。

梅子老师

第五辑

人生的大自在

花朵不拒绝风的造访，
才使它的芳香传播四方。

不要放任那只叫恨的"小兽"

梅子老师，我是个大一的学生，我读过你很多的书，觉得你是个善良的人。今有一事，向你求助。

我本来觉得自己挺幸运的，有一个幸福的家，父亲母亲都很爱我。可最近，我无意中发现，父亲有了外遇。可怜我的母亲还蒙在鼓里。她是那种特别忠厚老实的女人，一心一意照顾着家庭。我不敢告诉她，我怕她知道了，会疯掉。

现在，我无心学习，无心做任何事情。我恨那个破坏我们家庭的女人。我更恨我的父亲，他怎么可以背叛我的母亲和我？可笑的是，我的父亲还以为我不知道，还在我面前扮演慈父的形象。今天他还打电话给我，要我注意不要在外面小摊上乱吃，怕我吃坏肚子。我听了，特恶心，却不敢表露出来。

梅子老师，我现在脑子很混乱，我不知道我该怎么办。我很想去找那个女人，警告她别再破坏别人的家庭了。我也很想让我的母亲知道，让她不要再那么傻那么辛苦了，把我爸服侍得跟老爷似的，让他体体面面出去约会别的女人。可我很害怕……

流泪的唐唐

唐唐，不哭，来，梅子老师抱抱你。

你且平静一下情绪。

一二十年的时光里，你的父亲、母亲和你，是相亲相爱的一家子。你母亲不消说，是爱你的。在你眼里，她是个忠厚老实的女人，一心为家。中国传统的母亲，都是这般模样。你父亲也是爱你的，这种爱的感情，你根本不用怀疑。从他叮嘱你不要在外面小摊上乱吃东西，就可以看出来，他是个感情非常细腻的男人，对你关怀备至。

现在问题出在你父亲身上，他有外遇了。然而这样的外遇，他是偷偷进行的，是不想让你母亲和你知道的。倘若不是你无意中发现，他会一直是个好父亲，你们的家庭，也会一直相亲相爱着。

这说明什么呢？说明你父亲爱的天平，还是有所倾斜的。我不想去诟病你的父亲，诟病他也没有意义。我也不想去诟病那个第三者。倘若你的父亲不乱了心，再有手段的女人，也难以靠近他。局面已成这样的局面，伤害已经造成，我只希望唐唐你，不要放任那只叫恨的"小兽"。因为人一旦恨起来，就会理智混乱，做出错误的判断，甚至会由此引发恶果。

毫无疑问，你是爱着和同情着你的母亲的。那么，你要做的，就是把伤害降到最低。你说你要去找那个第三者，这是毫无道理的。你凭什么去找人家？一个巴掌拍不响的。你若真去了，不定会闹出什么事来，到时候，满世界的沸沸扬扬。你想想，受伤害最大的会是谁？是你母亲！

唐唐，我前面已分析过了，你父亲对你是爱着的，这你不要否认。即便他出轨了，那爱，也没有减弱一点点。对你母亲，他应该多有抱歉和留恋。要不然，他不会把他的外遇给藏着掖着。既然有爱在，还有什么不可以原谅的？唐唐，你就给你父亲一个反省的机会，跟他挑明了这事，问问他的想法。当然，你要注意说话的方式，千万不要带着怨恨和责备。成人的世界，你不是太懂。成人的感情，也不是简单到可以用"对"或"错"来衡量的。他若选择回归家庭，你就当什么事也没有发生，他还是你的好父亲，还是你母亲的好丈夫，你跟母亲只字不提。这里虽有欺骗的成分在，但更多的是对母亲的保护。有时，善意的欺骗，也是一种爱。

倘若，你的父亲对他人真的动了感情，他坚定地要为他的爱情而活——我真不愿意是那样的。但倘若果真是那样的，唐唐，你也不要去恨。感情的事，都是一段一段的，每一段的热烈，都有它燃烧的理由，你要给予最大程度的理解。你母亲在这个事件中，是最无辜的，受伤害最大的。正如你所说，她知道真相后，会疯掉。你要慢慢把这件事告诉母亲，多多劝慰母亲，与其守着个不爱自己的人，还不如放手，让自己早点解脱，她再不用那么傻那么辛苦。不管如何，她还有你，你会永远站在她身边。这样，既解放了你父亲，也解放了你母亲。从此，他有了光明正大，她亦不再受蒙蔽。而他们两个，依然是你最亲的亲人。

梅子老师

人与人的相处，是有边界的

梅子老师：

您好！

我最近遇到一些事情。我上网课遇到了一个同学，他家境不好，遭遇也很悲哀，我就很同情他，鼓励他加油，让他奋进向上。

但是他呢，交女朋友了，那个女生一看就是不好好学习的，而且是他的前女友，以前在一起过。

我就跟他说现在是学习重要，等去到更好的平台眼界就不同了。我跟他说我周围的同学都特别上进，心中充满了理想。我也很讨厌那种女生，天天不好好学习，只知道打扮。

他不听，我很无奈，然后我就和他吵架了。虽然现在和好了，但我依然觉得心情不愉悦。您说我是不是多管闲事啊，我只会希望我的朋友都能有个好未来，况且我们现在的年纪也不适合做其他事情。

小葫芦

宝贝你好，首先给你点个大大的赞哦。小小年纪，这么理性，难得呢。是的，对你们而言，目前学习最重要，将来到了更好的平台上，见到的世界会更开阔，会遇到更多优秀的人。

对朋友赤诚是好事，关心帮助朋友是美德，但要注意分寸，不要越界。人与人的相处，是有边界的，这个边界虽是无形的，但不容侵犯。即便是父母与子女，也各有自己的私人"领域"，在各自的地盘上，做着各自的主人。过于越界，比方说，父母干涉子女的人生选择，子女干涉父母的生活，都会引起双方的不舒服。假设一下，别人跑到你的地盘上来当家做主，指手画脚，要你按照他的意愿行事，你乐意吗？尽管他出于好意，尽管他百分之百的赤诚。

所以，你对你的这个朋友只有建议权，却没有指挥权命令权，更不应上升到吵架的地步。且由此产生不愉快的心情，更是要不得——这都是越界了。如果他跟你一样，是个积极向上的孩子，他自然会慎重考虑你的建议，并为此做出努力。如果他执意要"一意孤行"，按照他的喜好去行事，那也没有错，因为那是他的事，你无权干涉，你只顺其自然跟他相处就是了。今后你若觉得你们两人的三观实在背道而驰得厉害，你大可以选择渐行渐远，不与之为伍。

对了宝贝，对你不喜欢的人和事，要有包容心。你不喜欢的，未必就是坏的。比方说那个爱打扮的女生。爱美之心人皆有之，她只是表现得过于爱美了，何错之有？她不爱学习，也不是原罪。我们不能这么来定义一个人，爱学习的就是好孩子，不爱学习的就是坏孩子。只要她的行为没有妨碍和危害他人，危害这个社会，她天天装扮，又有何不可？所谓"人各有志，出处异趣"，尊重他人的志向和趣味，也是优良品德的一种。

梅子老师

爱情是什么

梅子老师：

　　您好啊！

　　我是那个在深圳罗湖书城读者见面会上向您提问的女孩，当时我问您，什么是爱情？您沉吟片刻，回答我说，等爱情到来的时候，你就知道了。我便又追问道，爱情可以等来吗？您微笑了一下，说，每一个未诞生的爱情，都在奔来的路上。

　　我咀嚼着您的回答，并不很满意。当时提问的人多，我也就没再和您交流。我现在还是想问您这两个问题，什么是爱情？爱情可以等来吗？

　　我有一个群，里面有20来个志同道合的小姐妹。我们都没有男朋友。我们经常在群里吐槽各种渣男，警惕着打着爱情名义，对我们进行欺骗的男人们。我们也经常聚会，一起游玩。

　　然而，我怕回家，一回家我爸我妈就追在我后面问，什么时候有男朋友啊？夜晚睡不着的时候，也是有些寂寞和不甘的吧，这世上，有没有真正的爱情呢？如果有，它为什么没有降临到我的身上呢？哎，我今年都28了。

　　梅子老师，让您见笑了。您就当是一个傻姑娘的自言自语吧。您回信，或者不回信，我都很感激您。

您的读者

亲爱的，你好。

我记得那一天的情形，人群中一个女孩站起来，出乎意料地问了我这两个问题。我记得你年轻光洁的额头，和闪闪发光的眼睛。旁边的人都戴着眼镜，你没有。你的碎发染着淡淡的黄，一袭白裙子，宛如白荷绽放。年轻，多好！我当时在心里面叹。

爱情是什么呢？我现在认认真真想。是"执子之手，与子偕老"；是"既见君子，云胡不喜"；是"愿得一心人，白首不相离"；是"山无陵，江水为竭，冬雷震震，夏雨雪，天地合，乃敢与君绝"；是"在天愿作比翼鸟，在地愿为连理枝"；是"十年生死两茫茫，不思量，自难忘"；是"直叫人生死相许"；是"弱水三千，只取一瓢"；是一片云，偶然荡过一片湖心，留下一抹倩影，从此湖的心里全是他；是一丝风，拂过一朵花，从此此花只为他盛开，为他枯萎……

是见了你，心就低到尘埃，并在尘埃里开出花来；是想和你结婚，一辈子不离不弃；是与你拥有了这辈子，还要预约下辈子；是不再惧怕孤独、黑夜、风雨，因为有你陪着；是有了好东西，第一时间想跟你分享；是喜欢上你的所有，包括缺点都喜欢；是热切关注着和你相关的一切事物，哪怕曾经不喜欢的那一些，也能包容；是不隐不藏，互相打开心的大门，让彼此的灵魂来往自由，无拘无束……

世间有美好种种，爱情是最美的一种，它是花，是朵，是云，是雨，是朝朝和暮暮。谁的人生不曾遭遇过爱情，谁的人生就是苍白的，不完整的，充满遗憾的。

亲爱的，你和你的那帮小姐妹，或许曾被"爱情"伤过。这没什么，大抵过于美好的事物，都是不容易得到的。"世之奇伟、瑰怪，非常之观，常在于险远，而人之所罕至焉，故非有志者不能至也"，美好的爱情，也是如此，要靠机缘，要靠一番曲曲折折才能亲近。弃你而去的，那都不是真爱。属于你的爱情，正在奔向你的路上，请给爱情一点时间和耐心。

我有小同事，在爱情这件事上，也曾过尽千帆皆不是，一晃到了 32 岁，她急得不行，以为嫁不出去了。这一年，她街遇一从部队回家探亲的男青年，五分钟之内两人就擦出了火花，她在心里认定，就是他了。他也在心里认定，她的人很不错。爱情就这样神奇地降临了，如今两人的大女儿念小学四年级，小女儿也已上幼儿园了。

有时，爱情只是在路上走得慢了一些而已，要等。等一等，它就来了。

梅子老师

保持一颗愉悦心

丁老师:

您好!

我想跟您说说我步入高中的一些烦恼。

中考过后,我如愿以偿上了第一志愿。可是,新学校的同学大部分都互相认识,他们第一天就似是故人来一般,我的初中同学跟我不在一个班,自然也没有什么交谈的机会。以前听过这样一句话,"低质量的社交不如高质量的独处"。当然,我也没有说我的同学不好,可是我跟他们几乎没有共同语言,他们只跟他们认识的人一起玩儿,虽然现在的主要任务是学习,但学校有活动独自一人参加也不太好吧。比如一次去大礼堂,中间有休息,我左右两边的人都兴致勃勃热火朝天地说话,只有我一个人坐在那里,不知道该如何融入他们。

我现在每天上学就跟去刑场一样,而且我的老师绝大多数都是老教师。虽然很有经验,但是却不知道我们学生疑惑的点在哪里。数学老师最喜欢说:"如果真的没听懂就算了吧。这种题目我眼睛眨一眨就出来了。"殊不知,对于我而言,却是晦涩难懂的题啊。班上绝大多数同学都补过课了,我没有。我知道一定要问老师,可是下课只有十分钟,办公室又那么远。现在的生活真是糟透了。一会儿老师安慰我们说，高中的生活要适应一段时间的，我不怪你们。一会儿又说，这种题目都不会，你们要完了。有的时候觉得自己不会是理所应当，有的时候觉得自己是真的很差。两种情绪一直折磨着我。而且我的妈妈每天给我送饭，我这样真的挺对不起她的。

我想问的是，如果我跟他们的价值观不同，是否真的需要"纡尊降贵"地去融入他们？尽管这种方式对我来说有点困难。还有就是我是不是应该向老师反映一下我的问题，让他以后在课堂上多关注学生？

希望能得到您的答复！

您的读者：雯子

雯子，你好。

我讲个故事给你听：有两个人，他们结伴去旅行，目的地是一处山明水净的风景地。路上却遇到暴风雨了，山上冲下泥石流，把道路给堵上了。他们不得不在一个寺庙里借居，行程被打断了。中途返回后，一个人抱怨不停，说这趟旅行真是倒霉透顶，什么收获也没有，白受了一趟苦。另一个人却心情愉悦，他欢喜不迭地说，这趟旅行，收获真是大大出乎意料呢，我从没在寺庙里住过，那感觉真是奇妙，晨钟暮鼓，吟诵的都是静谧，屋角的铃铛，在风雨里唱出了梵音。

雯子，你可能要惊讶，我干吗要给你讲这个故事，这与你的烦恼风马牛不相及呀。然而我却以为有关联，假如你是那个被阻滞在寺庙里，却能欣欣然聆听着风中的铃铛唱出梵音的人，你的这些小烦恼还存在吗？你以什么样的心态去生活，生活就会回赠你什么。外界的好与不好，好多时候，是你心灵的折射。

你现在到了一个新学校，一切都是初相见，应该有着新鲜感才是，怎么反倒生出厌倦来，弄得上学像去赴刑场？是你的心态在作怪呢，你抗拒着这样的崭新，你拒绝靠近，因此，眼前的一切，都格格不入。

你要做的，是调整好你的心态，尽快熟悉新的环境。看看校园里，长了什么样的树，开着什么样的花，这也是有意思的。数数校园里，有多少间教室，有多少级楼梯，这也是有意思的。在花坛里，寻到开花的野草，这也是有意思的……当你以欢喜的眼光，看待你的新校园，你的脸上，会不自觉就荡出笑容来。而这样的笑容，是跟人交往的最好的通行证。

与同学相处，并非一朝一夕的事，时间长了，你们自然就会热络起来。咱不妄自菲薄，但也不要故作清高，说什么"纡尊降贵"。都是同学，没有谁比谁尊贵谁比谁卑微，以同等心、平常心待身边人身边事，你自己会舒服，别人也会感到愉悦。

再说说任教你的老师。他们的教学风格，他们的授课方式，你一时半会儿接受不了，这也正常。也许，你真的需要一段适应期。请给自己一点耐心好吗？不要让坏情绪左右了你，不要夸大那些坏情绪。遇到实在没听懂的，你完全可以在课堂上举手问老师，哪怕被老师批评为"笨"，也无妨。也可以课后去问同学。过去圣人还不耻下问呢，何况咱们！对老师有什么想法，你可以找个恰当时机，跟老师开诚布公地聊一聊。我相信，绝大多数老师都是一心为了学生好的，都希望他教的学生能得到他的真传。

保持一颗愉悦心吧，这些小烦恼，根本不值一提。

亲爱的好姑娘，祝你笑口常开。

梅子老师

你未来的世界很大很大

梅子阿姨：

　　您好！

　　我觉得您很开明，所以，我很愿意和您倾诉我的心事。

　　我今年 14 岁，在这个似花的年纪，我在网上遇见了一个男孩子，他比我大一岁，我和他聊得很投机，很快我就和他在一起了。

　　然在那以后，我开始担心我的学习。我想好好学习，但我又放不下他，我怕我放下他后，将来会后悔。他真的是个很好的男孩子，我不知道现在该怎么办，您能帮帮我吗？

您的小读者

　　小宝贝，谢谢你愿意告诉我你的小心事。

　　我不大明白你说的"很快我就和他在一起了"，那是指什么呢？是指你们开始交往了吗？阿姨真的好担心，怕你受伤害。小宝贝，你知道吗，年少时的有些伤害，可能一辈子也很难愈合。

你还太小，还是朵花苞苞呢。花朵在含苞的时候就做含苞的事情，到盛开的时间再做盛开的事情，为什么要急着走路呢？

不是说你不可以交朋友，不是说你不可以有爱，但一定要掌握分寸，要把它放在一定的距离之外。青涩的果实，如若抢着吃了会很涩嘴的、难咽的，我们还是静静等着它成熟了好吗？到时候再吃，你的嘴里心里，都将是甜的。

宝贝，把这段感情，妥善地藏藏好。你还在成长中，当下只有一件要紧的事要做，那就是，珍惜年少的光阴，好好读书，为你的将来，奠定坚实的基础。

听我的，放下他吧，将来你绝对不会后悔的。因为，你未来的世界很大很大，还有更多更好的人在等着你。

梅子老师

人生的大自在

亲爱的梅子老师：

你好！

我是你的一位忠实的读者。我的文字有些长，会占用你不少时间，你会理解我的，对吗？

一直见到有很多读者给你写信，我才发现，原来多愁善感的并不只是我。我也在你给他们的回答中，找到了不少自己想要的答案。但我的问题，似乎并没有因此而得到解决。我并不清楚究竟是什么在困惑着我，但我还是决定向你发送这一封邮件，请你帮我指出问题，指出后若是可以的话，你能告诉我该怎么做好吗？

由于父母的溺爱，以及在上幼儿园时被其他小朋友排斥，我变得很敏感，也很胆小，喜欢独来独往，害怕同任何一个除父母以外的人交流（除了在社交软件里），就算和朋友聊天都会很紧张。因此，我不擅表达，而别人也总是误解我的意思。

初二时我曾有过一个朋友，可由于软弱，我不敢向她说明我的想法，更不敢拒绝她提出的意见，所以我在与她相处时，觉得她没有考虑过我的感受，甚至以为她没把我当朋友，所以最后我选择远离了她。现在我在想，假如当初我勇敢些，大胆地向她表达，或许就不会与她成为过客了。

如今初三，我也遇到了新的朋友，是她主动跟我示好的。她很活泼，很爱说话，也很喜欢跟别人分享一些冷笑话，和她读过的小说；她很有心，会悄悄在我口袋里放她自己爱吃的牛轧糖；她也会耐心听我说话，会理解我的感受。这样是很好，可是与她相处时，我还是不快乐。我独来独往惯了是主要原因，另外或许也是因为她常误解我的意思。她有很多朋友，我只是其中一个，我也几乎只有她这一个朋友。于她，我只是一小部分，可是于我，她是全部啊。这就让我非常痛苦。可能是我心胸有些狭窄吧。

但我还是这么小心眼下去了。我在QQ上总共三次提醒她，要对我设防，我说我有些孤僻，不想伤害她。

我也渐渐恢复了以前的独来独往：放学时不叫她就自己一个人走了；晚修时不叫她，一个人去拿饭；昨天一模去考场时我也不叫她就自己走了。我一个人看校园开满的紫荆花，一个人看夕阳西下，我感觉有些快乐有些自在，却也感觉有些不快乐——我好像伤害了她。我很不想将就，更不想改变我现在的独来独往，但我也很不愿意伤害别人。梅子老师，我该怎么办才好？

你的读者：小筠

小筠，你好。

你的小心思真的有些乱哦，如杨絮一样的呢，小风一吹，就飘飘洒洒漫天飞了。

我帮你理了理，问题的症结只有一个，就是你不知如何与这个世界相处。

或许是从小父母的过度保护，让你成了温室里的花朵。你一再强调害怕伤害别人。其实哪里是啊，你是害怕被别人伤害才是。你畏首畏尾着，外面再多的绚丽和热烈，你也不敢尝试着触碰一点儿。你的内心，住着一只小怪兽呢，这只小怪兽的名字叫——不自信。

你被这只小怪兽操控着，认定自己是软弱的，是孤僻的，是敏感的，是胆小的……于是乎，你自设了一个樊篱，把自己囚禁在里头。

宝贝，你根本不认识你自己呢。青春着的女孩子，就像露珠浸润着的蔓草一般，水灵，清扬婉兮。人说，青春无敌。你拥有的，是傲人的资本，你有何不自信？花朵不拒绝风的造访，才使它的芳香传播四方。你也是花一朵呢，为何要拒绝他人的好意？

你也有你的可爱和善良，这点你要充分相信。不然，怎么会有同学主动和你交朋友？怎么会把她喜欢的牛轧糖悄悄放你口袋里？你享受独处的时光，这很好。我也是个顶喜欢独处的人，但我从不拒绝适当的热闹。独处不是封闭自我，不是孤僻，不是冷傲，我们需要与他人分享喜悦。独乐乐不如众乐乐，分享的快乐，有时，远远大于独自享受。就像你欣赏到满校园的紫荆花，你获得愉悦。但你在愉悦的同时，却失落着，又有些不快乐了。我替你遗憾着，假如当时你的那个朋友也同你一起欣赏呢，你是不是会获得双份的快乐？你们会聊些紫荆花的事儿，说不定还会吟出杜甫写紫荆花的诗句来："风吹紫荆树，色与春庭暮。"

又假如，她带来她的朋友，来和你一同欣赏呢？那景象该有多美好，紫雾般的花，映衬着一群青春的女孩子，如梦似幻呢。多年以后你回忆起这场景，将会多出多少的怀念和感恩啊。青春不留白，有过这样的陪伴，人生才算得上丰满。

宝贝，不要拒绝这个世界的好意，你也要努力成为其中的一个，做到大方、坦诚、友爱。在与世界的相处中，一切随缘吧，缘来，珍惜；缘去，不强求。记住，朋友是来去自由的风，而不是你的私藏品，谁也不是谁的全部。

世界很大，天地很宽，你会遇到越来越多的风景，越来越多的人。不刻意，不偏执，坦然相处，随遇而安，也才能赢得人生的大自在。

梅子老师

你有你的日月星辰

亲爱的梅子老师：

　　您好！

　　我很荣幸给您写信，此信就当我是向您诉苦的吧。感谢您在百忙之中看到我的信件。

　　我是个初一的学生，幸运地考上了傲班（强化班）。令我困惑的不是成绩，而是我的处世交友。

　　"我是个腼腆的女孩子。"这句话一直出现在我的作文里。我不擅长也没有勇气和别人说话，一个学期下来，看着别人都三五成群谈笑风生，在一群玩闹声中，我像个怪物一样，呆坐在那儿，尴尬地掰着手指。

　　不知道是不是因为我的外貌，班上的同学总是看不起我。很多人都在背地里说我："你看她的腿，壮得像个别墅。""噫，这种胖子也能考上傲班？是不是父母用钱换来的呀？""你看她脸上的痘痘，好恶心啊，和怪物一样。"他们都以为我不知道他们怎么议论我，但在他们无礼的手指指向我时，我一切都知道了。因为我小学时，已经受到过很多诸如此类的嘲讽了。

　　班上有一些比较皮的男生会大胆直接地说出来："×××，你这个老白痴！""你脸皮好厚啊！"甚至过分至极的还有叫"婊子""神经"之类的。

我在这样的称呼中长大，我觉得我没有心痛到自杀——像电视里那样，已经很不容易了。

我租住在学校附近，去上学时总会遇见一些校友。今天，我起床晚了些，路上剩下一些还不想去学校的男生，我从一个个子很高的男生旁边走过，那个男生的同伴指了我一下，我没在意，继续走。之后那个男生短促地喊了一声，我耳朵有点障碍，没听清，也不知道他是对谁喊的，所以我继续走。

但接着男生又喊了一声，声音更高了，这下我听清楚了，他喊的是"母猪"。但我还是不能确定他是对谁喊的，所以没有当场质问，而且我觉得如果我理了他，或许我真的成了他口中的"母猪"。

我走到了转弯口，男生又说了一句话，是对他的同伴说的："我×，那××母猪不理我。"我才后知后觉地反应过来，刚才路上好像只有我一个女生在走，他是在喊我"母猪"。我很想冲回去暴打他一顿，但多年来的憋屈使我变得胆小，我还是没有为自己复仇。记得曾在《学校2015》中看到过一句话：以暴制暴，是弱者的行为。但我即使不"以暴制暴"，也是一个不折不扣的弱者。

我一直把今天早上发生的这件事记在心里，想要忘掉它，它却像一条小尾巴一样粘在了我的身上。

梅子老师，我深度怀疑我也有抑郁症了，但我不敢对爸妈说，不敢去医院查，因为我爸妈会说"瞎说"，然后对我不闻不问。

以前我有过轻生的念头，但只是几个月有一次。现在越来越频繁了，两个月一次，一个月一次，半个月一次，一个星期一次，甚至一天就有过一次……梅子老师，我该怎么办哪……我怕我真的坚持不了了……我真的受够了语言攻击，可惜只能憋在心里，一辈子都不能发泄出来……

期待您的回信。

黑暗的太阳

亲爱的宝贝，你好。

看完你的信，我的鼻子直发酸。你受委屈了宝贝，来，让我抱抱你。想哭的话，咱就哭一场吧，哭完会舒服一些的。

这个春天，天气真是反常得厉害，一会儿凄风，一会儿冷雨的，有些地方还飘起了四月雪。然而该绿的草，如期绿了。该开花的树，如期开花了。我看到美人樱，撑着一树一树大花朵，在雨后的天空下怒放着，绚烂了半个天空。

上帝有时会给我们设置一些障碍一些磨难呢，来考验我们的意志。当我们最终经受住了它的考验，也就能迎来人生的华美。就像春天里的这些花朵，它们哪一朵，不是从最寒冷的深冬里，不是历尽风雨摧打，一步一步走过来的？

我的中学时代，也曾是灰色的。那时，我成绩算不得出色。这点可不及宝贝你哦，你真不简单呢，能考进强化班去。单凭这个，你就有理由高昂起你的头，信心满满呢。

那时，我的样子也算不得好看，胖胖的。同学给我取绰号，"小胖墩"。我没少被人取笑过。家里又贫穷得很，穿我妈给改的大人的旧裤子，骑自行车时，被撕下一个大口子，后面跟一帮男生拍手哄笑。

我现在回忆起这些往事时，是淡淡微笑着的。因为呀，我已变得足够强大，强大到再没有什么能伤害到我。磨难虽是不幸的，却能成就人。是它，让我能够憋着一口气，一门心思读书，最终通过知识拯救了自己，改变了我的人生。是的，整个中学时代，我都是在读书中度过的，根本没有心思在乎他人的目光和嘲讽。我在自己的世界里春暖花开着。

宝贝，忘掉那些不快吧，它们是丑陋的，会污染了你的心灵。你且把它想象成狗吠。当狗对你狂吠时，你是不是要与它对吠？当然不会。最明智的做法是绕过去，远离它。你有你的路好走，读你的书，赏你的花，你有你的日月星辰。

当然，如果某些人做得太过分了，直接侵害到你，你要适当反击过去。这世上根本就没有十全十美的人，那些取笑你的人，难道他们就是才貌齐全，几无瑕疵？不会。首先他们无视他人的人格尊严，对他人任意辱骂和嘲笑，就显示了他们素质的低下和劣等，他们的灵魂该是多么丑陋和不干净。你大可以回敬他们一句，是的，我是胖，我是丑，这是上帝的安排。然你们的心灵，比我的外表更胖，更丑，你们的灵魂布满脓疮。

　　宝贝，你也不要过分压抑自己，把自己的遭遇告诉爸妈吧，他们才是你坚强的后盾。有时，也不妨告诉老师。我相信，老师会给你提供一些帮助的。还有对同学，你也要主动跟他们打打招呼。你的同桌，和坐在你前后排的同学，你们日日呼吸连着呼吸，应该是很亲近的人呢。不是每个同学都是邪恶的，是不？当你愿意敞开心胸，当你面带微笑，充满自信，不卑不亢，我信，美好会慢慢汇聚到你的身边。

　　宝贝，不要轻言死亡。那一点儿也不好玩，没出息得很。我们好不容易拥有的这副躯体，是用来好好爱的，而不是用来伤害的。每天早晨起床后，都对自己说一句，你好啊，我好爱你啊。是的，我们要好好爱自己。你只管走着自己的路，走着走着，也许就迎来柳暗花明了。

梅子老师

生命是在不断行走不断遇见中

梅子老师，我想和你说说我的烦恼——我有个好朋友，是很好很好的那种，我们一起考到了同一所学校，刚开始她会来找我一起吃饭一起回宿舍，尽管我们不同班，她也还是经常来找我学习。但是她最近认识了一个新同桌，然后我们每天去吃饭，都是和她新同桌一起去。我只能默默走在旁边，感觉插不上话。我很讨厌这种三个人的友谊，走在一起都是她们在说话，我就好像一个陌生人。

这种感觉我真的不好受，一种被冷落、被排挤的感觉，而且还是自己的好朋友。她现在也很少来找我了，除了吃饭的时候。她也不会再等我，以前无论多少人说要跟我一起，我都会等她，可是她……

梅子老师，你能帮帮我吗？

紫罗兰

宝贝，你好。

我们每个人，都对远方充满着渴望和好奇。我们认为的理想生活，是有诗有远方。是因为身边的事物不够好，我们不够爱吗？不，不，是因为人的心，它不是固死的僵化的，而是一直在蹦跳个不停，它渴望走到更广阔的天地里面去。

我们的一生，会路过很多的地方，会阅览很多的风景，有让我们魂牵梦绕的，有让我们怦然心跳的，但我们不会为此长久停留。生命是怎么一回事呢？就是在不断行走不断遇见中。每一份遇见和相伴，都值得感恩。

宝贝，回头看看你走过来的路，虽则只有短短的十来年，但一定也有过不少的遇见和欢喜。你还记得幼儿园里的小伙伴吗？你们一起玩过游戏，一起天真无邪地闹过笑过牵手走过，两小无猜。你还记得小学的同学吗？你们分吃过零食，交换过文具，吵过又和好过，一起疯玩过，一起梦想着去探险。那会儿，日月在你的眼睛里，永远是那样的日月。然而，你长大了，世界也跟着你长大了。你有了新的天地，别人也是。你与他们，有的人可能还能并肩走一段路，有的人，却早已成了记忆中的影子，不复再见。随着年深日久，那些记忆中的影子，也将渐渐变得模糊，直到彻底遗忘。

这是人生的常态。

你的人生路上，曾有好朋友相伴，这就够了。你怎么能够要求她的世界里，永远只有你一个？就像你的世界里，也不可能永远只有她。你们都在往前走，走着走着，就天南地北了。你将拥有你的繁花盛地，她也将有她的琉璃温润。你们或许还会有交集，或许没有了，彼此深深祝福，才是对这段友谊最好的感谢。

现在，你且抛开这一自找的小烦恼，快乐地融入到新的生活中去，你会结识到更多的新朋友，会获得更多的新的友谊。与你原来的这个好朋友，你可以继续相处，能走多远，就走多远，一切随心、随缘，不强求。再说，她有了新朋友，你该替她高兴才是。你们既然是好朋友，那么，她的朋友，也是你的朋友。

宝贝，不要把精力耗在这样无谓的小事情上，世界大得很的，有太多美妙的事，在前面等着你们呢。

梅子老师

今晚天上有个月亮

梅子老师：

你好！

希望这么晚没有打扰到你。

在我读到"人生最大的资本还是自己"时，我也真正去想过。但我发现，我内心的杂草太多了，却不知道怎么拔掉它们。

我交过一个朋友，但她和我并不是一类人。我们说话总不能说到一块去，听她说话，我会失望，甚至心烦。我不想和她一起，然而却不知道怎么去说。

我也喜欢过一个男生。我写信给他，当然只是匿名邮件。但他猜到是我，却没有直接找我，而是告诉他身边的人，让他身边的人来问我，结果弄得全班都知道了。我很生气，告诉自己不要再喜欢他。我以为自己放下了，却没有。最后，我发现，我还是喜欢他。从初一，到现在的初二，一直是。我不敢告诉他，心里却总想着这件事。我知道这样不好，就一直压抑着，表面上是风轻云淡的样子。

我现在也找不到当初那拼尽全力读书的动力了，那时候我的心里全是学习，但现在不知道为什么，根本找不到那种劲儿。而一切却不等人，也快中考了。

抱歉这么晚给你发信息。晚安。

新新

新新，你好。

今晚天上有个不错的月亮，像一瓣白牡丹，莹润轻灵地荡在天上，不知你看到没有。

人生要那么多烦恼干吗呢？有这个时间烦恼，还不如抬头看看月亮呢。每一晚的月亮，都是今生唯一的一个，错过了，也就永远错过了，不会再拥有了。

正如你美好的少年时光，比稀有金属还要珍贵，你却用来烦恼，着实可惜。

没有知心朋友？好吧，那就没有吧。古人都说了，千金易得，知音难求。我们每个人都是独立的存在，各有其个性，各有其独特的情绪和心理，谁真正能与谁的气息完全一致呢？别人不合你的意，你也未必合别人的意呀，何必苛求？倘若遇到合得来的朋友，那是幸运，珍惜就是。倘若遇不到，那也不要失望，自己做自己最好的朋友和知音，好好爱自己。

喜欢一个男生？恭喜你宝贝，这世上，再也没有什么情感，比得上少年的喜欢了。那是露珠般的、初雪般的。请好好护着你心中的这份情感，不要破坏它。你的"表白"，在一定程度上是破坏哦。还是让它在你的心中悄悄生长着吧，你要更加"努力"和"优秀"，作为最好的琼浆来浇灌它。等有一天，它真正地抽枝长叶，开出花来，那时候，你也长大了。我想，你的优秀，足以吸引到更好的"蝴蝶"飞过来。

学习嘛，允许自己有低潮期。谁也不能一直亢奋着昂扬着的是不是？但这个"低潮期"不能过久，你要提醒自己，沮丧完了，该爬起来用功了。

好了亲爱的宝贝，跟窗外的月亮道声晚安吧。明天早起，又是新的一天。

梅子老师

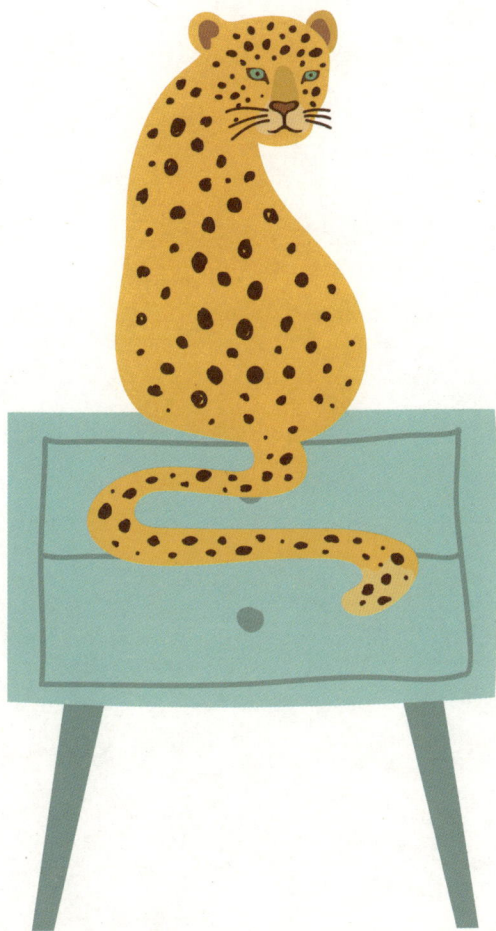

第六辑
暗香浮动月黄昏

知道如何避开俗世的锋芒和喧闹，

独守自己内心的芬芳，是一种大智慧。

此路不通彼路通

梅子老师：

您好！

做您的读者已四年了，一直很喜欢您温柔的文字，温柔得让人的心都融化了。每当我不开心的时候，就翻开您的书，看上一页，心情就会慢慢平静下来。

最近我遇到了一些烦心事，无法排解。说到底，我还是个孩子，没办法挣脱吧。

是与我父母之间发生的事。我爸我妈是那种控制欲很强的人，总把我当小屁孩管着，可我已经长大了，我都读初三了。我有自己的思想，有自己的主见，他们却拿我的主见当笑话看，比如我说看课外书有助于提高语文，有助于开阔解题思路，我爸我妈立即表示反对，他们说，把课本上的知识好好学完才是正道。反正吧，我说的都不对，他们说的都对。我们屡屡发生冲突，在一起时，很少有天晴气朗的时候。

今天在餐桌上，我们因周末要不要一起去赴亲戚家的一个喜宴，发生了争吵，我不想去，我讨厌那种场合。我妈当时就不高兴了，跟我说什么翅膀硬了，不听话了之类的话，我爸也帮着腔，最后，还摔了我的手机。我一气之下，摔门跑了出来。我再也不想理他们了。当然，我最后还是回家了，我又能去哪里呢？

梅子老师，我真的不知道如何跟我的父母相处了，他们让我很压抑。我很无奈，很难过。

谢谢梅子老师听我说了这么多。祝梅子老师天天开心。

您的小读者

宝贝，你好。我非常体谅你做孩子的辛苦，因为"弱小"，发出的声音，总是被忽视；因为"弱小"，从来没有自主权。

我想到黄山上的迎客松了。它扎根的地方是岩石，几乎看不到泥土。想当初，它的成长是如何艰难。然纵使山石来压，也没有阻挡住它成长的脚步，它破石而出，顺着裂缝的方向，努力生长。

成长，是什么力量也挡不住的呢。

父母的思维，不跟你在同一频道上，这个也正常，毕竟你们相隔着一代人。那你就不要硬把他们的思维，往你的频道上拉了，你拉得很辛苦，父母被拉得也很辛苦，双方的冲突，就在所难免了。何不换种方法，学学黄山上的迎客松，避开石头的锋芒，寻找一丝丝缝隙，把希望的根扎进去？

是的，宝贝，跟父母相处，有时，也要学会避其锋芒，不要跟他们硬碰硬扛。此路不通彼路通，迂回曲折，一样可以达到目的呢。比方说，你读课外书吧，你不用跟他们大声争辩，读课外书有多少多少好处。你默默地拿事实来证明好了，带回一份语文试卷给他们瞧瞧，上面的阅读题，可都是选自课外的呢。上面的作文，如果不读课外书，就写不好呢。有句话咋说的？事实胜于雄辩。

再比方说，你不愿意去赴喜宴。你何苦要说些惹父母不高兴的话，扫了他们的兴致呢？他们自然要生气的呀。赴喜宴本来是件欢欢喜喜的事，被你一搅，成什么了？你完全可以迂回一下，找个理由，语气放轻松些，告诉他们，你不是不喜欢陪他们一起去，而是实在没时间。诸如手头作业要紧着完成，约好了同学一起温习功课，等等。你甚至可以开几句玩笑，让父母在喜宴上帮你多吃点，让父母多给你捎些喜糖回来。如果你这样做了，你父母还会与你发生争执吗？

嗯，以后也不要动不动就摔门跑出去，不要动不动就不理父母。父母与你之间，所有的矛盾，还是集中在一个"爱"字上。只是他们不知道用什么方式爱你罢了，而你，亦不知道用什么方式回应这份"爱"。我曾在一篇文章中写过这样一段话，我想把它送给你：

> 这世上，被你伤得最深的那个人，往往是最爱你的那个人，你伤他（她）总是易如反掌，因为他（她）对你毫不设防。

祝你和你的父母能够早日冰雪消融，春暖花开。

梅子老师

且许他几年海阔天高

梅子：

你好！

儿子读高中时，我买过你写的《等待绽放》。那段日子幸好有它陪着我，让我度过了一段高考母亲的焦虑期。儿子后来参加高考，分数超过一本线50多分，上了所相当不错的大学。我本以为从此我可以高枕无忧了，谁知道他毕业后，又是种种曲折。

是我天真了，以为他好歹也算是名校毕业的，出来找个工作应该很容易。我和他爸都希望他能尽快把工作稳定下来，我们家经济条件尚可，只要他工作稳定下来，我们可以帮他把房子买了，车子买了，然后帮他成个家，他的小日子就过起来了，会过得很舒服。他却说，要趁年轻时出去闯荡闯荡。好吧，就由他去闯吧。结果呢，从毕业到现在，快三四年了，他走南闯北，东奔西走，还是没有一份合他心意的工作。

再看周围朋友和同事的小孩，当年考大学时，都不如他的分数高，读的大学也不如他的好。可人家如今不是考上公务员了，进了政府机关了，就是考上事业编制了，当了医生，做了老师，日子过得舒坦又风光。人家的父母聊起孩子来，一个个眉飞色舞。只有我和他爸，每每被人追问到他，都支支吾吾，说不出话来。他实在让我们说不出口啊。

跟他推心置腹地谈过，我们说，凭他的聪明，考个公务员或事业编制，应该不难。甚至承诺他了，如果他肯复习迎考，我们会为他创造一切条件，辅导公务员考试的老师会帮他请到家里来。他却眉毛一挑，回了我们一句，我自己的路自己走！我真的被他噎了个半死。我这个母亲当得挺失败的，怎么把孩子教育成这样！

我也不知道接下来该怎么办了，简直是束手无策。嘴里跟他爸说着气话，管他死活呢，由着他去！事实上，哪里能做到啊。可怜天下父母心，他在外吃不好睡不好，我在家里哪得安心。

梅子，你在教育孩子方面有经验。你能不能给我点建议？谢谢你。

洪姐

洪姐你好啊。

你焦虑的事，是不少父母都正焦虑着的事。天下做父母的，本同一心，痴心父母古来多。

曾经，孩子是一只温顺的小羊羔，成天黏着我们，不肯离开半步。我们习惯了大包大揽，习惯了在他跟前指点江山，习惯了让他唯我们马首是瞻，言听计从。也习惯了他对我们的依赖和跟随。我们一直扮演着那个无所不能的角色，恨不得为他扫除前路上的一切障碍，让他一世衣食无忧，生活安康。

可是，他终究是要长大的。他像只羽翼渐丰的鸟儿，外面的世界只轻轻一招手，他就压抑不住想飞的欲望，世界多大啊！他不听你使唤了，他飞走了。

你一时间惊慌失措，被他填满的日子，一下子空了下来。你找不到生活的重心了，你以为这一生这一世，都是为他而活的。你胡思乱想。你神思恍惚。你气急攻心。以为儿大不由娘了，你为此失魂落魄。

这些隐蔽的失落，你是不与人说的。表面上，你只是气他由着性子来，放着你们给他预设好的平坦大道不走，偏要揣着什么青春梦想，去闯荡江湖，尽往着崎岖小路去，过着朝不保夕的日子。实际上，你是舍不下你世俗的面子，你是害怕别人的目光，就像你所说的，当别人谈起孩子眉飞色舞，而你们只有支支吾吾，说不出话来。你觉得孩子丢你们的脸了。这真是挺好笑的事。孩子去走着自己想走的路，虽在摸索中，他却是独立在走哦，又有什么丢脸的？再说，孩子也不是你们的附属品，不是给你们描金绘银的，他有他自己的世界呢。

说句老实话，你虽是爱孩子的，但我觉得，你更爱你自己。因为，你根本不在意孩子想什么、喜欢什么，你全盘否定他的南下北上，却很好笑地画了一个圈儿，要二十大几的孩子，乖乖钻进去，做你永远的"宠物"。若换作是你，你愿意吗？

我们总自以为是大人，是吃的盐比孩子吃的米还多的大人，用我们的生活经验，来指挥他们的人生。殊不知，这恰恰是剥夺了他们的人生啊。完整的人生，它里面应该包含挫折、失败、弯路、哭泣、疼痛、迷惘、危难，甚至绝境逢生，而不是被我们过滤过的一路顺通，鲜花簇拥，波平浪静。失去磨砺的孩子，他的意志力、包容心、责任心和担当，必将稀缺得可怜。你的孩子敢于自己去闯荡，你应该为他骄傲和自豪才是。

洪姐，放下你的焦虑，你且许他几年海阔天高。只要他不偷不抢，不坑蒙不拐骗，不杀人不越货，能遵守内心的道德底线，遵守社会的规则和准则，就由着他去闯荡好了。当然，谁也不能保证他必定会取得成功。但不试又怎么会知道，万一成功了呢？又，无论他经历什么，闯荡本身对他来说，都是一笔巨大的财富。

纵使他输得一无所有，又有什么要紧？他有年轻垫底呢，可以从头再来。到时，你再让去考编制考职称啥的，也为时不晚。

梅子

你有你的一亩花田

梅子老师：

　　您好！

　　我是个脾气有些古怪的高中男生。

　　我没有朋友。其实应该这么说吧，没有知心朋友。表面上的朋友，也还是有的吧，就是一起打打球，一起听听音乐，一起去食堂吃吃饭什么的。天知道，我根本不喜欢和他们一起打球，不喜欢他们听的音乐，也不喜欢和他们一起去食堂吃饭。他们讲的笑话一点不好笑。他们谈某个女生好不好看，我一点不喜欢听。他们爱看的玄幻小说，我也没兴趣。我与他们，总是隔着一段距离，他们不能理解我，我也不能理解他们。

　　我很孤单，看着他们嘻嘻哈哈在一起，也羡慕，也难过，有种被抛弃了的感觉。我忍不住去迁就，跟他们穿同样的服饰，吃同样的饮食，听同样的音乐，看同样的书，聊同样的话题，可过不了多久，我总会败下阵来。我接受不了这样的一个我，他很伪装，我为这样的伪装而痛苦。

　　梅子老师，我该怎么办呢，是做真实的我，还是要继续伪装？

半夏

半夏，我想先跟你聊两件有关吃的事。

一是关于榴莲的。对这种水果，历来纷争颇大。爱它的人，爱到骨子里。说起它来，口角生津，意乱情迷。恨它的人，亦是恨到骨子里去。闻到它的气味，就如临大敌，不共戴天，一副恨不得斩之杀之的决绝表情。

一是关于臭豆腐干的。我的孩子就特别爱吃它。我们街上有一家，炸的臭豆腐干特别好，去买的人，常要排队。我孩子每次回家，都要去买上一份，哪怕排队等很长时间。我是不吃这个的，曾很不解他这一嗜好。他却睁着双大眼睛，相当莫名其妙地看着我问，这么好吃的东西，妈妈，你为什么不吃？

我去东北开笔会。当地一编辑朋友招待我们吃饭，是在露天大排档里。一阵风来，飘来油炸臭豆腐干的味道。我们倒没在意，那位编辑朋友却立即变了脸色，刚才还文质彬彬的人，竟掼了酒杯，愤愤道，真想宰了这些炸臭豆腐干的人的手！

半夏，你看，人与人的味蕾差别竟是这么大！何况其他？你看得顺眼的东西，未必是我看得顺眼的。你听着动听的声音，未必是他人爱听的。你推崇的，未必是我尊敬的。你爱读的书籍，未必是我读得下去的。我爱那榴花照眼明，你却独喜那石径入丹壑。有人喜素衣素食，性格安静。有人却偏爱热闹华丽，活泼喧闹。孰高孰低，谁能分得清？

半夏，你说你总觉得自己与他人隔着一段距离，他人不能理解你，你也不能理解他人。你少有知心朋友，为此，你很烦恼。你很想和他人一样，穿同样的服饰，吃同样的饮食，听同样的音乐，看同样的书，聊同样的话题，可是每每你总败下阵来。你接受不了那样一个你，总觉得那个你，很伪装。你为这样的伪装而痛苦。

这就对了，半夏，若你一味地伪装，却不觉得痛苦，那才真叫麻木了呢。当一个人不能真实地做他自己，总是曲意逢迎他人的时候，他也就把自己给弄丢了。幸好你认识到了这一点。

世上知音，本就可遇不可求。俞伯牙遇钟子期，巍巍兮若泰山，洋洋兮若流水，两个不同频道的人，却在琴弦之上觅得相知。然而前提是，俞伯牙得先抚好他的琴，才有机会用美妙的琴声，让钟子期循音而来。

半夏，人与人之间的相互吸引，有时不是因共性，而是因个性。就像满眼的绿色之中，突然跃出一朵红来，那才引人注目。所以，你要学会尊重自己的个性，不伪装，不扭曲，是什么就是什么，且尽量发挥自己所长。同时，也尊重他人的个性，学会欣赏他人。那么，你与他人的距离，便会越来越缩短了。每个人都有自己的一亩花田，你在你的一亩花田里，种好你的花，长好你的草，自会引来注视和欣赏的目光。

梅子老师

好脾气是有底线的

梅子老师：

您好！

我犹豫了很久，还是决定给您写下这封信。

我在中学时，读过您很多书。今天在大学的图书馆，看到书架上有您的书，让我想起读您文章时的那些平和时光，那是我一生中难得的平和吧。我突然，想对您说说话。

我是个性格懦弱的人，这性格的养成，多半因为我的父母。

我父母都是老实巴交的人，无权无势，是最底层的平头百姓。从小他们就教育我，不要与人争，不要与人斗，不要与人制气，什么都要让着点，咱惹不起，要躲得起。这让我从小就胆小怕事，被人欺负了也不敢吭声。小时一帮孩子玩，我永远是被当马骑的那一个。

上中学了，打扫教室的事，几乎被我承包了。我被同学们推举为劳动委员，起初我还蛮得意的，当官了啊。可事实是，我自此被理直气壮驱使着，同宿舍同学的脏衣服，都扔给我洗，他们笑嘻嘻说，你是劳动委员嘛。我却无法说出一个"不"字。

到了大学，我给大家的印象，还是一个老好人，谁都可以支使我做事。同宿舍一哥们儿拿我的床单擦皮鞋，被我发现了，他竟没事人似的说了句，啊，老兄，你把床单拿去洗洗得了。我心里气得不行，但愣是发不了火，过后，把床单默默拿去洗了。

从小到大，人人都夸我脾气好，这成了我的标签。人人都可以借着这个标签来侵犯我，而我却不能做出相应的回击。我有时真是难受得发慌，有种想毁了眼前一切的冲动。但我知道我不会，因为我还是懦弱的。

对您说了这么多，您听烦了吧？今日说出来，心里轻快些了。我喜欢您文字里的世界，那里花总是悄悄开着，阳光总是暖暖照着。祝您永远幸福安详！

凌夏

凌夏，看完你的信，真替你憋屈得慌。我猜你该有20多岁了吧？20多年里，你愣是没活出个人样来。

你让我想起小时在乡下，一个叫吴二的人来。别人笑话他，欺负他，他从不知反抗，只是好脾气地笑着。有一次，一群人拿他寻开心，先是叫他学狗叫，他叫了。后又把他按到地上，剥光他的衣服。他嘴里说着，别这样，别这样。却没人听他的，大家哄笑着，一团开心。后来，人群散去，他自己穿好衣裳，有人叫他，吴二，你过来。他便又跑过去了。我们小孩子都替他气恼，他长得那么壮实，怎么就任人欺负呢！我拿这话去问我的祖母，我的祖母摇摇头，叹息一声，他骨头轻。

从前我不懂这"骨头轻"是什么意思，后来我渐渐明白了，一个人若不自怜自爱，不懂得适当的拒绝，不懂得维护自己，就会活得不硬朗，那一身的骨头，自然就轻了。

是，凌夏，我们都要做善良的人。这个世界，是因善良才美好起来的。但善良不等于懦弱。不伤人，不害人，在能助人的时候，施以援助，对他人有爱心和怜悯心，这是与人为善。但不要忘了，善良还有另一面，那就是与己为善。我们只有懂得保护自己，不自伤，也不允许他人来伤害，才能活得有尊严有骨气。一个人存活在这个世上，首先要活出个人样来，也才有能力对他人善良，对这个世界善良。

俗语说，马善被人骑，人善被人欺。柿子专拣软的捏——这些话虽偏激了些，但不无道理。你得相信老百姓的生活经验，那是经过无数岁月千锤百炼的。善良过头了，就成了软弱和懦弱。大到一个国家，小到一个人，如果过分地"善"和"软"，其结局，只能沦为他人的笑料、附庸和奴仆。

当一个人的脾气好得没了脾气，没了是非曲直，没了好坏之分，没了任何棱角，像一团面粉似的，任谁都可以肆无忌惮捏来捏去，想叫你圆就圆，想叫你方就方，这个时候，你就该反省了。因为，你那不叫善良，你那叫自轻自贱。一个处处轻贱自己的人，他首先丢失的，是他作为一个人的独立人格。他从内到外，都活得相当不自我。兔子急了还咬人呢，何况是人？好脾气是有底线的，那就是，不要触及做人的尊严。当你活得没有了尊严，又指望谁会尊重你？

凌夏，适当学会拒绝吧，学会说"不"，从今天开始，从此刻开始。你不从属于任何人，无须仰仗别人的鼻息而活，当强则强，当刚则刚。与人为善的同时，更要与己为善，做一个站着的有骨气的人。

梅子老师

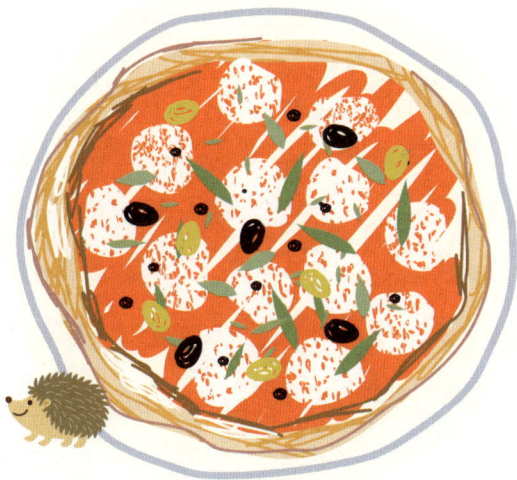

不将就，不妥协

梅子老师：

　　您好！

　　我是您的读者，读您的文章好些年了，从小学，到中学，到大学，到现在。我都不好意思告诉您我的年龄了，唉，我已经25岁了，整个一大龄青年了。

　　最近我很头疼很纠结，是因为被家里人催着成亲。我爸我妈就害怕我嫁不出去，不停在我耳边说，你都这么大的人了，再不嫁就成老姑娘了，辰辰那么好的一个小伙子，你还挑什么挑？赶紧成亲，生了小孩我们都还有精力帮你带。

　　他们说的"辰辰"，比我大一岁，我们从小就熟悉。两家大人曾经是高中同学，所以两家走动很频繁。现在，大人们硬要把我们凑一块儿，说我们是天造地设的一对。他对此好像没什么意见，真的像个男朋友似的，常来约我吃饭，约我看电影，很像那么一回事了。弄得我的朋友也都以为他是我的男朋友。

　　他呢，长相说得过去吧，个子高高的，身材挺标准。工作也蛮好的，是个公务员。我妈说他条件好，如果我不嫁他，抢着嫁他的姑娘要排着队。

可我就是对他不来电，没有那种心动的感觉。他这人有些高冷，从不会做些浪漫的事。我们一起出去吃饭，他也从不问我喜欢吃什么，啪啪啪，只管埋头下单。我们聊天也很少能聊到一块儿去，我说要去西藏看看，他说西藏不就地势高了些嘛，有啥好看的。高反还那么重，还是不去为好。

反正有好多事吧，弄得我心里堵堵的，又说不出什么。我很想等一份真爱，可年龄搁在这儿，我怕等不起。梅子老师，您说我是不是就这样算了？

想听听您的建议。谢谢您。

爱您的墨墨

墨墨，你好。此刻，我的窗外是盛夏，蝉鸣声排山倒海。这小小的虫子，实在叫我诧异，它们身体里似乎装着台音箱，早也在放着，晚也在放着，声音洪亮、激越。为着这一夏的欢唱，它们要在地底下蛰伏三年五载，甚至更多的时光。我想到生命的意义，这个颇有些高深的命题了。生命的意义是什么？我以为，是不将就，不妥协，努力活出自己想要的样子。

墨墨，你说你都25岁了。我忍不住要笑，笑你的故作老成。前几天，我去公园看荷，碰到两个老人，他们大概好久不曾见到，陡地遇见，热络得不得了，手拉着手，站到一棵树下就聊开了。聊着聊着，一个问，您今年多大啦？

另一个回，我小呢，才72的。问的那个频频点头称是，说，是哩是哩，我们都还小呢，我比你稍大一点儿，我75。

我在一旁听得肃然起敬。这两个老人多么可爱！他们有一颗不老的心。墨墨，催人老的，原不是年龄，而是心。

你说你现在很纠结，家里人成天催着你成亲。男方是你打小就认识的，双方家长都满意，认为你们是天造地设的一对。你清楚地知道，你不爱他。你跟他谈不到一块儿去，他做的有些事，让你心里觉得堵。然而你又犹豫了，因为他的条件不错，你的年龄搁在这儿，你怕等不起一份真爱。

墨墨，你不过才25岁，你已很着急了。看看我身边，的确有不少如你一样的女孩子，生怕嫁不出去，慌里慌张地谈一场不咸不淡的恋爱，稀里糊涂地走进婚姻里。结果呢，新婚不久，就矛盾迭出。

如果把结婚当作一项任务来完成，这样的婚姻，我还真不大看好。婚前就有着诸多的不和谐，婚后日日面对，曾经的缺憾会被无限放大。到时，两个人之间的裂缝，将会越来越大，生活又哪里有幸福可言？

墨墨，你该认认真真问问你的心，你到底想要一个怎样的人呢？你眼前的这一个，与你想要的那个人差距有多大？这些差距，有没有弥补的可能？如果你开诚布公告诉他，你对他的真实感受，他会不会为你有所改变？如果有，那你不妨再给他一次机会，也给你一次机会，试着交往下去。也许处着处着，你跟他会擦出爱的火花。有时，爱情是相互包容相互修补，最终趋于完善的。

倘若他对你的开诚布公不屑一顾，依然故我。那么，亲爱的墨墨，你最好停一停。如果是我，我将选择不将就，不妥协，耐心地等着属于我的真命天子降临。也许要等上三年，也许要等上五年，相较于一辈子的幸福来说，这样的等待，值了。

梅子老师

花朵的意义

丁立梅老师：

很难过。刚刚快写完的稿子被不小心删了，那就重来吧。

回想这个暑假，我真的挺难过的。父母给我报了几个补习班，每天和作业打交道。

因为补习班，我也认识了很多学霸，我以前一直觉得学霸等于天才。如今才知道，学霸每天要完成老师布置的作业，还要做自己买的资料。

我下学期就初三了，即将面临中考。而我的成绩总体来说十几二十几名。语文一直可以保持在班上前五。而数学和物理就不大漂亮了。

随着中考的到来，父母对我的要求也越来越高。以前他们都是非常支持我发展兴趣爱好。我想学钢琴他们就送我去学，我想买书他们就帮我买，一买都是五六本。像《穆斯林的葬礼》《雪落香杉树》这些小说一直是我比较喜欢的，百看不厌。而如今他们不用说买书了，连我看都不许。有这个时间不如多做几张数学卷子，这是他们说的。

我也反驳了，却被他们当作不懂事。

以前父亲和我几乎无话不说，可是今年我们却不怎么说话了。父亲喜欢说大道理，他的一些生意伙伴的孩子都考上了本市最好的高中，他不能输。他要靠我来弥补姐姐没给他挣过来的面子。

他没有直接这么说，可是我都懂。

我也知道他为我好。

放假第一天，我和很久没有一起玩的小学同学疯玩了一个下午。没想到晚上，同学的妈妈就找过来了，并且让我不要找同学了。爸爸一向好面子，把我一顿骂。以至于如今我和爸爸的关系越来越僵了。其实我也不想。我也想变成一个懂事的好孩子，不要父母担心，毕竟姐姐已经嫁人并且在外地工作，我是他们的全部了。我也想在十年后回想如今，觉得一切都是值得的。

可是现实总告诉我，我不优秀，我不是学霸，连朋友的家长都不喜欢我，父母也总和我说别人家的孩子。

我知道这么想会显得我很幼稚很孩子气。但是最近每晚上床，刚闭眼脑海中就是学霸们的奋笔疾书，好友妈妈的登门拜访，以及父亲说的那句"我对你太失望了"。

可是我已经在努力，并且很努力了，为什么父母看不到呢？

求回信了，梅子老师。

小妍

小妍你好，谢谢你把心里话告诉我。

你是个好孩子，这个，你一点儿也不用怀疑。

你会弹琴，又爱读书，多么好！我好希望这两样兴趣爱好，不会因时间、地点、环境而转移，会成为你终身的兴趣和爱好。

一个暑假，你都在补习，你没有过分抱怨，你知晓了学霸们之所以成为学霸的秘密——比别人付出更多的努力，"学霸每天不仅完成老师布置的作业，还要做自己买的资料"。我以为，这对你来说，是个很大的收获呢，你能够正视努力，并且付诸实施，"我已经在努力，并且很努力了"。

好，那咱就继续努力下去，父母或他人暂时看不到，他们不理解你，甚至误解你，那有什么要紧的？我们的努力，不是为了让父母或他人看到的是不是，我们的努力，更多的是为了我们自己。

很多时候，我们不需要去怀疑自己，去辩解什么，因为怀疑和辩解，无济于事。真正可行的方法只有一个，那就是，埋下头来，走自己的路。这一段路上，也许无人喝彩，也许很寂静，但走着走着，你就走出一片属于自己的光明来。到那时，你根本无须再去为自己辩解了，事实胜过一切。

当然，也有可能，你付出十分的努力，未必能达到预期的目的。即便如此，你也应该坦然。这正如花的开放，有的花颜色艳丽，却无香；有的花色彩浅淡，却香味隽永。有的花硕大如盆。有的花却小巧如虫子。花朵的意义，不在于颜色是否艳丽，不在于香味是否隽永，不在于是大是小，而在于，是否努力盛开了。你让你的每个日子，充实地度过，这就是最大的成功。

相信我宝贝，父母的不理解，朋友妈妈的不喜欢，那都是暂时的，你走好自己的路就是了。嗯，每天早起时抱抱自己，让自己喜欢上自己。然后，笑着迎接新的一天。这样的你，会变得越来越好，到时候，想让别人不喜欢都难呢。

梅子老师

拥有自己的铠甲

梅子老师：

您好！

从前我读您的文章，还是一个懵懵懂懂的小女孩；现在，我是一个刚刚实习一个月的初中老师。从前，作为学生，当我有疑问时，您的文字总会给我温暖，给我鼓励；现在，作为老师，当我的学生遇到困惑时，我却手足无措，我想请您给我一些帮助。

以下摘自一个即将升入初三的男孩的信：

"一年后，我也不知道自己能干什么。如果可以上高中就上，上不了就算了，我自己对上高中也没有太大的期望了。我本想去当兵，如果当不了就出去打工吧。在学习上，我也管不住自己，一上课就想睡觉，因为什么也听不懂，所以也没心思学习。我觉得自己什么都做不好。"

早上进办公室的时候，写有这段话的本子就悄悄地放在我的桌子上。我不知道该怎么去帮助这样一个少年，不知道该用什么样的回信去重拾他对生活、对未来的信心。我也不想辜负他对我的信任。

这段时间通过对他的观察和了解，我知道他是一个爱看书乐于助人的小朋友。我希望能给他一些帮助，让他能够看到生活的美好，看到自己的美好。

亲爱的梅子老师，请您告诉我该怎么做呢？

祝您一切都好。

含羞草

亲爱的好姑娘，你让我想到一句歌词，长大后，我就成了你。

恭喜你成了老师，从此后，你的言谈举止知识涵养，将会影响到无数的孩子，你将有桃李遍天下，这是件多么幸福的事。

你很善良。我为做你的学生、和即将做你的学生的那些孩子，感到幸运，他们遇上善良的老师，就如同遇到了灯塔、花朵、雨露、阳光和星辰。一个好老师的品质的芳香，会浸染孩子们一辈子的。好姑娘，愿你永远心怀善良和美好，愿你的眼睛，永远晶莹。

你提到的这个孩子，是个有上进心的孩子呢，只是他一时找不到自己的路了。也许从前落下的课程太多了，导致他现在上课听不懂，越听不懂，就越失去信心，在学习这条路上，就越走得艰难。

他能给你写这封信，说明他很信任你，他不想如此沉沦下去，却又茫然着，没有一点儿自信。

对一个人来说，最糟糕的事情，莫过于自己不相信自己了。你要帮他找回的，是自信。

首先，你要帮他理清一下他的现状，找到他身上 "闪亮的地方"，让他能够认识到自己并不是一无是处。他不是爱读书吗？他不是乐于助人吗？这说明他的智商情商都不低，差的就是行动起来。

那么，鼓励他着手行动起来吧。这个时代，给真正拥有知识的人，提供的机会实在太多太多了。只要肯学习，什么时候都不晚。何况，他还这么小。告诉他，一切都可以从头再来。落下的课程多？不要紧，能补多少，就补多少。要做到上课努力听讲，实在听不了的，咱就记下来，课后去补，追根求源，总能找到解决的办法的。哪怕一天只弄懂一道题，也好过浑浑噩噩。不荒废时间——这是人生的好态度。

也要教会他，学会自己给自己鼓掌。当他解决了一个学习上的难题，或是读完一本书，就奖励自己一些掌声吧。一个自信满满的人，会让人生越来越顺利。而一个整天垂头丧气的人，好运不会光顾他的。

让他少去想一年后的事，一年后的事，留给时间去解决吧。他要想的是，当下的事。当下的每一天，他都有自己的读书计划，并努力去完成它，每天进步一点点。即便一年后，他未能考上高中，又有什么关系呢？只要他还能坚持读书学习，无论是去当兵，还是去打工，他都能让寻常的日子，散发出不一样的光芒。那个在诗词大赛的舞台上，一举夺冠的雷海为，人家本来也是个打工的，最终，人家凭借满肚子的诗词，逆袭成全职老师。

　　这世上，没有白读过的书。曾经读过的那些书，终将一点一点累积起来，成为我们的铠甲，笑迎生活的挑战。

梅子老师

你将白衣胜雪

梅子老师：

看了你的文章，我犹豫了半天才写下这些话。

我父母在六年前离婚了，我当时感觉天都塌了。从那时起，我变了，变得沉默寡言，脸上的笑也少了，我心里永远都有一个坎儿。

也许是怕我伤心，身边人从来不和我谈这个话题，我爷爷也不许我去看我妈。我妈现在又嫁人了，生了一对儿女，她家离我家挺近的，大约30分钟就可以到她家，但我一次没去过。每次谈论这个话题，爷爷脸色都特别不好，我不懂他为什么不让我去，她是我妈啊，凭什么！每次特别想时，我只有给我姨打电话，以此作为一个媒介吧。我不敢给我妈打电话，我担心我控制不住自己，哭了被我妈发现，让她担心。

我现在已经16岁了，但我会独自一人哭泣。我该怎么办？

一个找不到路的女孩

宝贝，咱不哭，咱是大姑娘了，泪水金贵着呢。

爸妈离婚，对爸妈而言，肯定也是无可奈何的事情，与其两个人痛苦地生活在一起，还不如分开。你就不要为大人们之间的事而伤神了。这样的分开，对他们来说，或许都是好事。现在你妈不是重新嫁人，又生了一对儿女吗？她开始了她的新生活，替她高兴吧宝贝。

你不敢给妈妈打电话，怕控制不住哭了会让妈妈担心——你是多么体贴多么善良的一个孩子啊。既如此，咱就不要哭了好吗？高高兴兴地和妈妈说话。听听妈妈的声音也是好的，不要丢掉这样的机会。

实在太想妈妈了，你也可以给妈妈写信，写下你的思念。嗯，文字是可以疗伤的，你写着写着，孤独的情绪就会得到舒缓了。等将来，你捧着这一叠"思念"，你会感谢这段时光的，这份纯粹的想念，纯粹的等待，它是人世间最真的情最深的爱。

这期间，你也要努力让自己变得更好。

是的宝贝，你要变得更好。心里的那道坎儿，你要自己越过去，往昔再多的不幸再多的哭泣，都已成为过去。人是要向前看往前走的，妈妈有了新生活，你也有你的新生活，你会长大成人，你将白衣胜雪，青春昂扬，拥有你的新天地。

想想吧，当有一天，你往妈妈跟前一站，从前的小丫头，已长成健康活泼的大姑娘了，明媚又阳光。你妈妈见了，她将是多么欣慰。在没有她的陪护下，你也能成长得这么好，她一定会为拥有你这个女儿，而倍感骄傲的。

这么一想，宝贝，咱还要哭吗？对，不哭了，咱要把哭泣的时间省下来，多读两行书。妈妈好好地在那儿等着你呢，总有一天，你们会相聚。而那一天，并不遥远。

梅子老师

一个人的独角戏

老师：

　　您好！

　　我是一名大二的学生，已经二十岁了。几个月前，谈了一个男朋友，是异地。我在山东济南，他在陕西西安。两个人很聊得来，也有了以后的想法。然后有一天，他告诉了他妹妹我的存在，妹妹就告诉了他父母，结果父母反对他，原因是他比我大三岁，经不起折腾了。他父母怕我本科毕业后考研不去西安，让他白等三年。我也不知道该怎么选择，当时我就告诉他，既然父母反对，那就听父母的吧。刚开始他还坚持说会跟父母讲清楚，后来他说对不起，没办法给我一个未来。

　　我很想不通，我觉得未来是我自己走出来的，不是他给的。我的问题是，我一直说服自己放下吧，但心里总是想着他。刚开始，我告诉自己，考研去西安，但是慢慢地，我怕，我怕三年后我去了西安，他有了女朋友。因为我一开始考研的城市不是那里，因为他，我改变了想法。

　　现在的我，静不下心来学习，总是一直在想以后怎么怎么样，也不知道该如何说服自己，也不知道要放下还是要坚持这份感情。我们已经很久很久不联系了，但所有的联系方式都还在。有时候，想起他来会感觉自己突然有了动力，有时候心里还是有一丝丝抱怨，为什么他真的就走了。

嗯，希望老师能给我一个关于当下我该怎么做的建议，很迷茫，不知道方向在哪里，不知道该怎么做，不知道该怎样对待感情。

谢谢老师。祝老师每天开心快乐！

月月

月月你好，我把你的信，反复地看了好几遍，我没有看出动人和绮丽来。

爱情的样子，本该是动人和绮丽的。

恕我直言，你的这场爱情——我姑且认为它也是爱情吧，只是你一个人的独角戏，你陷在自我导演的爱情剧里，出不来了。

是，你的"受伤"是真的，你的思念和放不下，也是真的。然而，这都是你的一厢情愿罢了，你在自我折磨。

想想你们的相识，是不是有些肤浅？你们只是网上聊了聊，也许连面也没见过几次，并没有深入了解，这就有好感了，就爱了，就谈起未来了。结果呢？他的父母稍稍反对，他便用一句"对不起"，打发了你。姑娘，这还有什么好说的？你还没叫他为你冲锋陷阵呢，他就缴械投降溜之大吉了。

醒醒吧姑娘，真爱不是这样的。真爱是你哭，我陪你哭。你笑，我陪你笑。

心里有一千个一万个舍不得，舍不得你为了我而疼而痛，舍不得你为了我千山万水。他根本不是这样的一个人呢，那你还幻想什么呢?

一个人的独角戏，唱得再精彩，也注定要以孤单和寂寞收场。月月，继续读你的书去吧，考你的研去吧，走你自己的路去吧。天涯大着呢，遍地芳草，也许你走着走着，就被真爱撞了腰。

你信中有句话我很赞同："我觉得未来是我自己走出来的。"这就对了，你的未来，包括你的爱情，你的婚姻和幸福，都是握在你的手里的，你且果敢地往前走吧。

也祝你天天开心快乐!

梅子老师

人生的历练

梅子姐姐：

　　你好！

　　我今年 16 岁，最近我后爸和我妈在闹离婚，我选择了住校。但周末我是真的想回来，因为我在学校的时候特别想家，偷偷哭了好多次。但当我回来的时候，迎接我的是他们的争吵，后爸骂我妈，我很生气。每次都是这样，接近一年，他把我妈当成条他可以随意欺负的狗。我妈懦弱，骂不赢，每次都让我不要参与。可是好多天以来我每天只睡四五个小时，因为感冒严重到失声，心疲力竭，我看到我想念的家是这个样子的。

　　我回骂了我后爸，因为他骂我妈。但我骂他他就打了我，我打不赢，手上全是伤。那一刻我很恨这样柔弱的自己。我哭了，我求我妈离婚。但她说房子扯不清，只有我搬出去。她让我去找我亲爸要房子，我亲爸从我出生开始就没管过我，我们家也没钱出去租房子。迫于无奈我去找了我亲爸，他让我妈跟他说，又说他忙改天再说。那一刻，我就觉得自己被全世界抛弃了。

　　我这一周在学校所受的委屈，都可以一个人承担，但回家看到后爸与我妈吵架，亲爸又不肯伸出手来帮助我，我觉得我撑不住了。梅子姐姐，我真的好无助，我该怎么办？

　　　　　　　　　　　　　　　　　　　　　　　　　　　　你的读者

宝贝，你好。

当我读完你写给我的信，我很难过，

让我抱抱你。如果你想哭，就哭一会儿吧。

大人们之间，常常有些莫名其妙的事情，他们会吵架，会闹出无限多的矛盾来，这个时候，宝贝，你最好不要去管。大人们的问题，就让大人们自己去解决吧。

当然，如果你后爸对你妈做得太过分了，上升到凌辱和施家暴的份儿上，你绝对不能再袖手旁观。你不要去骂去打，这个很不明智，也解决不了问题，弄不好，还弄出一身伤。你要求助于他人，求助于警察，求助于社会。相信，会得到妥善解决的。

摆在你跟前的现实，有点残酷——你已经没有人可依靠了，你到了必须依靠自己的时候了，你要能够独当一面。没有人关心你，那你就自己关心自己，你要好好吃饭，好好睡觉，这样才有力气好好读书。目前，读书是你唯一能摆脱家庭烦恼的途径，也是唯一能使你变得强大的途径。只有等你足够强大了，你才有能力保护好自己保护好妈妈。你且把前行路上的这些风这些雨，都当作对你人生的历练好了，所有的委屈，咱都可以把它化作前进的动力。是的是的，等你考上大学了，等你学得一身本领了，你就谁也不用怕谁也不用求了。

如果实在想家，就写日记吧。把思念的情绪，在文字里妥帖安放，用文字来安抚自己。你也可以走走亲戚。爷爷奶奶有吧？外公外婆有吧？他们不会不疼爱你的。

宝贝，全世界并没有抛弃你，山河日月，是别人的山河日月，也是你的；草木清露，是别人的草木清露，也是你的。你还有同学，还有朋友，还有老师，还有书本。

我也会一直在的。

坚持一下，再再坚持一下，你离飞翔的日子，已经不远了。

梅子老师

血浓于水

梅子老师：

　　您好！

　　我是个高中生，进入高中后，我两周才回家一次。然而每次回家，都避免不了跟妈妈吵架。

　　今天回家，我本来开开心心的，可不知妈妈的脾气从哪来的，在我耳边絮絮叨叨个没完。我知道我已经大了不能再还嘴，我尽力去逗她开心。她笑了，笑了之后又立马变脸了，絮絮叨叨，絮絮叨叨。还自己说自己就算得了神经病，也还是我妈。随即声音又变大，说我跟弟弟还嘴了。我辩解，我说我没有。可她却不讲理地说，她是我妈，我们只能听她说，不管她说的对不对，不对也要听着。

　　我真不知该说什么好了。小时她就没关心过我疼爱过我，从不满一周岁起，我是和奶奶一起生活的。到我上学了，她从来没有给我开过一次家长会。记得上小学的时候，老师说不能让爷爷奶奶来开家长会。但我爸妈的理由是他们忙，最后全班就只有我，还是爷爷奶奶来。

　　我知道自己几斤几两，所以很努力很努力地学习，在初中的时候，成绩很优秀，考入了理想的高中。但高中的竞争实在太激烈了，我的成绩一下子

变得很渣很渣。我不知道内心的压力该和谁说，该到哪里释放。每次回家，
都和我妈闹得不痛快，一想到这，我真的好难受啊。

奶奶心疼我。告诉我，她年龄大了，在家看到妈妈和我吵，心里也会不舒服，
但又不能说什么。奶奶要我好好学习，只有我学习好了，才能远走高飞。我
说我不想飞，我不想离开奶奶。说得奶奶也哭了。

也许是爸妈的感情不和，让妈妈很生气。但我真的没做错什么啊。我不
知道该怎么办。

您的读者

好姑娘你好啊，回信晚了，请见谅。

初读到你的这封信时，满世界的花事正浓，争前恐后的花们，简直要把
大地给点燃了。现在，春光已渐渐散去，花团锦簇的喧腾，已被夏天的新绿
初放所取代。许多在春天想不明白的事，到了夏天，也许就找到答案了。

就像我小时候，想不通我为什么要成为我妈的孩子。我真的不愿意有那
样一个妈妈啊，她大字不识一个，人黑瘦黑瘦的，脾气暴，动不动就弄得家
里鸡飞狗跳的。脾气一上来，就拿我们几个孩子撒气，乱打一通。若是谁惹
恼了她，她能哭骂上大半夜，什么诅咒的话都说得出口。那个时候，我和我姐，
是很羞于有这个妈妈的，恨不得早早逃离那个家。

是在成年后，我才慢慢懂了我妈，对她有了真正的理解和同情。在那样一个穷家里，她上有老，下有小，还有小姑子小叔子拖累着。我爸又不太精于农事，一家老小，都要凭我妈的双手，一锄一锹地在地里面扒拉出口粮来。她整天除了劳作，还是劳作，从早到晚，无有间隙。她吃饭都是风卷残云般的，惹得我们在内心鄙视。天黑了，左邻右舍都回家了，她还要赖在地里多劳作一会儿。我们并不因此感激她，反倒因要等她一起吃饭，而生出怨愤之气。想我妈那时，也不过三四十岁的年纪。她哪里是不懂温柔啊，而是根本没有时间没有精力去温柔了。她那样拼死拼活的，却没有一个人感念她，包括我们做子女的。她是多么孤独和孤单。

好姑娘，你对你妈妈，是不是也是如此，被她的坏脾气蒙住了双眼，而看不到她在那"坏脾气"后的付出？一个中年女人，带着两个孩子，跟老公感情疏离，可能还时有拌嘴吵架。生活的压力或许也大，在工作上，在人际交往上。这样的一个妈妈，她的内心世界，该是怎样的纷乱而孤单。倘若你站在她的立场上考虑，也许，你愤懑的心，会平复许多。

这世上，没有谁是活得容易的。懂得了这一点之后，我们才能生起同理心，也才能对他人多一分理解，多一分宽容。

好姑娘，你和你妈之间存在的问题，不是爱不爱的问题，而是如何沟通，如何将心比心。不管如何，今生能够母女一场，都是值得感恩的。

她跟你絮絮叨叨，是她没能控制好自己的情绪。她把压抑了的情绪，对着自己亲近的人撒开了。常常，我们对外人能做到礼貌周到和颜悦色，偏偏对自己亲近的人，失了耐心。宝贝，你有没有犯着同样的错呢？

多反思自己，多站在他人的立场上着想，如果能做到这两点，一些矛盾，就能迎刃而解了。找一个合适的机会，好好跟妈妈聊聊吧，告诉她，你的心里话。也请妈妈告诉你，她的心里话。认认真真对她说，你爱她，你们不单要做母女，还要做最好的闺蜜，你的成长，还需要她的陪伴和扶持。

我信，你们会慢慢融洽起来亲密起来的。就像我和我的妈妈。毕竟，血浓于水啊。这世上，还有什么情感，比父母与子女的情分更深厚呢？

梅子老师

暗香浮动月黄昏

梅子：

你好！

想跟你说说我的委屈。

我在一市直单位工作，因为年轻，总觉得要多做点事，所以我工作勤奋，事事都抢着做。我喜欢唱歌，喜欢跳舞，人长得也不错，单位把有关文艺方面的活动，也全交给我了。我代表单位参加过几场比赛，比如歌咏比赛什么的，全得奖了。我从不曾把这当作我的荣誉，我认为这是单位的荣誉，我是在为单位争荣誉。当然，单位也给了我相应的肯定，年终评奖，我都榜上有名，最近还提拔我了。

可是，这样的一个我，却莫名在单位遭到嫉恨。今早我跟一个女同事打招呼，她鼻孔里哼了一声，就掉过头去了，似乎我跟她有什么仇。再看别的女同事，也是一脸幸灾乐祸的样子。平时她们背后说我坏话散布我的谣言也就算了，现在当面还这样，叫我受不了了。我扪心自问，从不曾对不起她们，宁愿自己多做点事，也从不曾跟她们计较过。日常相处中，也对她们以礼相待。我真的想不通，这到底是为什么。

跟我相处多年的闺蜜，也突然酸溜溜地对我说，你现在有本事呀，我打马也追不上了。我们的关系，再难恢复到从前。

　　梅子，一想到这些，我就难过不已。我到底做错了什么，我本善良，从不曾去伤害过谁，她们怎么这么对我？人心叵测，我都不知道怎么办了。梅子你能告诉我吗？

沁梅

　　沁梅，你好。

　　你的名字中也有一个"梅"字，这真让我开心。叫梅的女子，都自有暗香盈盈——这是我的自恋了。因这自恋，我对所有叫梅的人，都怀有十二分的亲切感。

　　我很想找一张印有梅花的信纸给你写信。当笔尖在纸上落下一个"梅"字时，我像在呼唤另一个自己——我这么小小幻想了一下，觉得美好。

　　我刚刚在读书，读到两句话："誉满天下者，必毁满天下。"记忆中的原话，好像不是这样的。我赶紧查找资料，找到了原话的出处，出自梁启超的《李鸿章传》：

> 故誉满天下，未必不为乡愿；谤满天下，未必不为伟人。

　　原话充满辩证思想，说的是那些誉满天下名望加身的人，未必就不是小人。

那些被天下人诽谤不待见的人，未必就不是品德高尚之人。

世事险恶，毁誉多在人言，得慎之。

那么，是谁断章取义了呢？誉满天下者，必毁满天下——两句相接，竟给出了现实的第三种可能：木秀于林，风必摧之。

沁梅，你是不是那棵秀出于林的大树呢？你人长得漂亮，又能歌善舞，多才多艺，单位里的所有荣誉，都几乎被你一人揽了。你又活泼好动，喜欢表现，走到哪里，都是一道亮丽的风景线。

这样的你，虽也善良，待人真诚，热情大方，却几乎少有朋友。连从前跟你相处甚好的闺蜜，也远离你。女同事们都对你怀有敌意，她们抱成一团，齐齐对付你，说你的坏话，散布你的谣言。你扪心自问，你从不曾得罪过她们啊。你想不通，这是为什么。

我笑了，傻姑娘，你无意中"伤"了人，却不自知。

好吧，沁梅，我们来做个试验。这会儿你那里的天空怎么样？是不是如我这里一样，骄阳灿烂？那么，好，请抬头，仰望天空，双眼直视太阳。然后告诉我，你能坚持多久？一分钟？两分钟？还是更长时间？我想，你能坚持几秒钟就不错了。太阳的光芒那么强烈，我们的眼睛，如何吃得消！

人们常说，做人要学会藏拙。我却想对你说，你应该适当地露拙藏巧才是。越是有才能的人，越懂得谦虚避让，低调内敛。这是一种修养，是对他人的善良和好。因为，你过多的光芒，会灼伤他人，会碾碎他人的自尊和骄傲。

虽然，那并非你的本意。

　　你也许不甘，有才华是过错吗？我的才华，从此就不能表露了吗？不，不，真正有才华的人，都是能盛得住才华的，而不是让它随处四溢。你当然还可以表露，只是在你表露的时候，也要带上他人一把，把你的杯中羹，也匀点给他人。那些浮云般的名利，能不要的，就不要了吧，也好留给他人一些机会。当你不耽于这世俗的名利追逐，不沾沾自喜于光环加身，不好表现，不时时把自己当作主角，你将变得外表恬淡，内心静美，宠辱不惊。这样的一个你，又怎能不让人喜欢和尊敬有加？

　　沁梅，想你也熟悉唐代才子林和靖吧？此人幼时就刻苦好学，通晓经史百家，却甘愿退隐红尘，结庐孤山，与梅和鹤为伴。他那首写梅的诗，实在是好：

　　　　众芳摇落独喧妍，占尽风情向小园。

　　　　疏影横斜水清浅，暗香浮动月黄昏。

　　知道如何避开俗世的锋芒和喧闹，独守自己内心的芬芳，是一种大智慧。

梅子老师